D1724905

Слава Сэ

Слава Сэ

Сантехник
Твоё моё колено

Издательство АСТ
Москва

УДК 821.161.1-31
ББК 84(2Рос=Рус)6
С97

Дизайн обложки
Екатерина Елькина

Слава Сэ.

С97   Сантехник. Твоё моё колено /Слава Сэ – Москва: Издательство АСТ, 2017. – 319, [1] с.

ISBN 978-5-17-080368-2

Новая книга популярного блогера Славы Сэ.

УДК 821.161.1-31
ББК 84(2Рос=Рус)6

ISBN 978-5-17-080368-2

Начало

 не сорок два года. Я учусь в четвёртом классе, в первом классе, работаю сантехником и ещё пишу сценарии по ночам. Засыпая, смотрю на будильник. Это самый бесчувственный из моих знакомых негодяев. Он всем циферблатом показывает, что спать осталось три часа. Ни мольбы, ни угрозы не трогают его механическое сердце. В 6:30 он начнёт грохотать и биться. За пять минут до его припадка я просыпаюсь сам, смотрю на него с ненавистью. Дезактивирую кнопку его страшного, иерихонского звонка, клянусь себе в воскресенье отоспаться. А сегодня детям в школу. Я кричу за стену:

— Маша, вставай!

Маша говорит, что способна одеться мгновенно. Если её не торопить, то она покажет, как быстро и аккуратно может собраться. Это будет что-то удивительное. А если не завтракать, то можно спать ещё четырнадцать минут, океан времени.

Сил скандалить нет, мы вяло препираемся. Потом Маша приходит сама. Белокурая, лохматая, в руках подушка, одеяло и кот Федосей породы татарская овчарка. Животное притворяется дохлым в надежде переехать на помойку. Там-то уж можно будет спать сколько влезет. Но Маше одиннадцать, её не проведёшь просто так, свесив лапы. Она укладывается рядом, возится, пыхтит, задаёт триста вопросов и рассказывает новости.

Ляля не может спать, если за стеной разговаривают. Она тоже приходит, темноволосая, худая, очень сердитая. Ей семь лет. Лялю возмущает семья, которая валяется в родительской постели без неё. Будто она изгой, оторви да брось. Никто даже не позвал. Но Ляля готова всех простить, если её пустят в середину. Девочки лупят друг друга подушками и мучают скотину. Значит, уже не проспим, можно закрыть глаза на секундочку. Собственно, я не собираюсь спать, только дождусь, пока давление в глазных яблоках сравняется с атмосферным. Минутная стрелка сразу прыгает вперёд на половину циферблата. Наш будильник, как вы поняли, просто кладезь подлостей. Тут в дом приходит последний персонаж майского утра — паника.

Одеваются дети с ничтожной, почти отрицательной скоростью. Давно надо выехать, но завтрак не съеден, портфели не собраны, косы не заплетены. И это редкий случай, когда мне лысому завидуют волосатые девочки.

В машине Ляля просит выдать один лат двадцать сантимов в счёт будущих учебных побед. Этого хватит на суп и шоколад. Маша доросла до огромных трат. Ей нужны шницель, какао, театр и злобная репетиторша по немецкому языку. За десять латов в день она уважает меня как отца и как личность. Момент выдачи денег кажется наилучшим, чтобы интересоваться уроками. Ляля снова возмущена. В первом классе вообще не задают. Я уточняю на всякий случай:

— А ты в каком?

Она говорит:

— В первом, разумеется!

Маша бурчит ругательства на немецком языке, которые я не понимаю. Потом выхватывает из ниоткуда лист с синими каракулями. Очень эффектно, как Копперфильд. С её слов, так выглядит домашняя работа по литературе. Мне кажется, я уже видел эту клинопись раньше. Но Маша клянётся, работа свежая. Никто не разбирает её кракозябры, поэтому и спорить невозможно.

Мы едем в школу, город пуст.

— Потому что воскресенье, — вспоминает Маша.

Разворачиваемся, настроение ухудшилось. Вернуться и доспать нельзя, по воскресеньям дети необузданны. Лучше всего поехать в Юрмалу. У нас прекрасный климат. Триста дней в году дождь, в остальном — сплошное солнце. Вероятность хорошей погоды 15 %. В Юрмале простор, море, ионы йода. К тому же можно поручить девочкам прорыть тоннель до Новой Зеландии и получить, таким образом, семнадцать минут для сна в кустах.

Собираем пляжные принадлежности. Корзина для пикников огромна. Это настоящая кибитка с ручками. Дети складывают в неё всё, кроме пустой мебели. Они готовы взять и мебель, но не могут поднять. Хулахуп тоже не лезет, мы выгружаем хула-хуп. Пользуясь девичьей рассеянностью, я оставляю также зонт, два мяча, свитер, фонарик и шахматы.

Весёлые и нарядные, мы идём в аптеку. Нужен бальзам от солнца. В вопросах загара мы страшные оптимисты. В аптеке бальзама нет, есть шоколад. Чтобы оттирать его со щёк и пальцев, нужны будут влажные салфетки. Их тоже нет, есть туалетная бумага, восемь рулонов. По одному их продавать невозможно, говорит строгая тётя. «Гигиены много не бывает», — думаю я, прижимая рулоны к груди.

В юности я посещал пляж налегке и в дерзких шортах. Там был огромный выбор сырокопчёных женщин. Они медленно вращались, подставляя зрителям свои лучшие стороны. Я выбирал худых и непрактичных, чтобы вместе потом ненавидеть быт. Теперь быт ненавидит меня. На моей кухне коллекция ёршиков, тряпочки для разных видов грязи, три швабры и пылесос с турбиной, великий кошачий ужас. Я умею красными трусами перекрасить простыни в розовый цвет. Я разработал семь способов скормить детям луковый суп как суп без лука. У меня даже утюг где-то был. И на пляж я выхожу как грузовой цыганский конь, с кибиткой и упаковкой туалетной бумаги в зубах. Загорающие переживают насчёт моих намерений.

Начинается активный отдых: мы два часа спим в дюнах, завернувшись в простыню. Мы рано встали и не хотим бадминтона. Замёрзнув как следует — уходим. И бумагу уносим непочатой, на радость пляжу. Обедать в такой день нужно непременно шашлыком в армянском ресторане. Мясо без гарнира из любого понедельника сделает субботу. А уж из воскресенья и подавно.

Разводиться было страшно. Казалось, этот быт, эти дети — всё обвалится, накроет и погребёт. Но год прошёл, небо не рухнуло. Я выучил телефон домоуправления и ищу макароны со скидкой. Купил танк с антенной и жужжу им по квартире. И железную дорогу завёл площадью в полторы кухни. И наконец-то съел три эклера подряд, как обещал себе в детстве. Уже в этой жизни я могу спать днём, НЕ ездить в путешествия, смотреть Евроспорт и банки не мыть, а сразу выбрасывать. Могу путать дни недели, покупать ненужные вещи, чистые детские трусы разыгрывать в лотерею. Я приобрёл велотренажёр и отлично похудел, пока тащил его наверх. Теперь это нужное устройство высится в гостиной как статуя личной моей Свободы. И никто не скажет, что деньги потрачены зря. Наоборот, все рады и ссорятся за право крутить педали. Маленькая Ляля сожгла три калории из тех пяти, что в ней были.

Когда в кровати ворочается одна и та же женщина, это хорошо. Не помню чем, но я был доволен. Мне нравилось наблюдать, как лохматая и недовольная с утра жена становится ухоженной и милой уже к вечеру. Или не очень милой. Всякое бывало. Год прошёл, жизнь колосится. И дай нам Боже не скучать о тех, кто нас не любит.

Всё не так

С начала женщины бросают в шутку:

— Я с тобою разведусь!

Будто пробуют боль на зуб. Потом представляют, как хлопнут дверью и как загомонят подруги. Иногда даже плачут для тренировки. К минуте развода у них уже всё готово: чемодан, временное жильё, мокрые слёзы, идеальный баланс лжи и правды в показаниях. Даже ракетчики не готовятся к войне так тщательно.

Мужчины легкомысленней. Они не помнят, что женаты, пока не возникает этот странный повод — второй раз в ЗАГС. Потом, очень неожиданно, вдруг пустеет шкаф, кастрюли пропали и очередь в ванную отменена. И некого спросить, чем закончилось у Варьки с новым хахалем. Это как проснуться ночью на троллейбусной остановке в каком-нибудь

Гомеле. Без сердца, без памяти, без жилья и самооценки, с одним лишь предписанием на алименты. Неудивительно, что женщины любят свадьбы, а у парней от этого слова шерсть на загривке топорщится.

В 2009 году случилась эпидемия разводов. Пострадали десятки отличных, ни в чём не виноватых мужчин. Без повода и предварительных провокаций жёны стали уходить. Раньше для ощущения новизны им хватало перестановки мебели, но в тот год непременно хотелось рвать пуповины. У одного моего знакомого после развода выросли коричневые круги вокруг глаз. Его печень не выносила расставаний. Второй исхудал и даже снимался в рекламе диеты наравне с анорексичками. Третий спрашивал «за что?» так часто, что отучил звонить родную мать. Четвёртый женился на форменной бабе-яге. Ему нравилась особенная верность этой необычной женщины. В обмен на преданность он мог не замечать ни клюку её, ни ступу.

И только я оказался скалой. Уход жены ничто во мне не изменил. Я даже съездил на рыбалку, настолько было всё равно. Рыбы не поймал, но хорошо поговорил с дождевым червяком.

— Какой во мне смысл? — спрашивал я у *животного*. — Почему не ты, гармоничное творение, насаживаешь меня на крючок?

И круги вокруг моих глаз были не коричневыми, а фиолетовыми, это модный цвет.

Разводились молча. Худшего партнёра быть не может, поняла однажды Люся. Живая вода путешествий, знакомств, отдыха с континентальным завтраком не могла к ней пробиться — таким лежачим камнем оказался я в её судьбе. Подруги находили смысл жизни в бутиках северной Италии, на пляжах Индийского океана и в джунглях Коста-Рики. Их существование имело резон. А Люся напрасно блуждала в темноте брачных отношений. Юность миновала, а она мало что приобрела и нигде почти не отдохнула.

Я бы и рад купить ей счастье. Но её представления о достойном бытии развивались быстрей моих доходов. Всё рухнуло, когда её подруга попала в плен любовного параллелограмма. Или даже параллелепипеда. Её муж завёл подружку. Чтобы любовь и антилюбовь не аннигилировали при случайной встрече, муж купил жене домик в Лигурии. Мужу повезло с профессией, он работал банкиром. Именно в Италии, общественный транспорт в нужной степени нерегулярен и жена нипочём не приедет орать глупости о любви и предательстве, считал муж.

— Боже, как унизительно! — заплакала женщина, осмотрев небольшую итальянскую гостиную, спаленку, садик и гараж с нескромной «лянчей». Это невыносимо, когда от тебя откупаются видом на залив. Будто настоящую любовь можно измерить деньгами и виллами. Десять лет она считала этого мерзавца своим собственным. Почти уже начала ему доверять. И такая благодарность.

— Он прямо швырнул в меня и дом этот, и машину! Как он мог! — причитала женщина, тряся ключами от счастья.

Между тем муж развернулся всем своим банком в сторону любовницы. Это было невыносимо. Жена заказала обратный билет. Она уже представила, что ему скажет и какое выразительное наденет для такого случая платье. Но вдруг сама познакомилась с приятным итальянцем. Он был молод, кудряв и настоящий пацифист. Самыми важными вещами в жизни он считал солнце, море и тихий вечер в ресторане рядом с немолодой уже, мудрой женщиной. Очень позитивный парень. Под властью его миролюбия жена банкира приняла жизнь такой, какая выпала на долю. Со всеми недостатками, вытекающими из состояния мерзавца-мужа. Живёт теперь в Лигурии, смиренная и непритязательная.

Люся тоже хотела бы смиряться и прощать, наблюдая закат из шезлонга над мысом Кап-Ферра. Но я, вместо понимания и помощи, назвал жену банкира шлюхой. Стыдно любить за деньги, сказал я. У меня, например, никогда не было таких женщин.

— Потому что у тебя никогда не было денег! — парировала Люся.

Она неприятно находчива в спорах. Даже странно, добавила она, что с моей зарплатой я до сих пор не живу в коробке из-под телевизора. Я нищеброд. А Люся сгубила себя, поскольку дура, безразличная к нищете. Когда-нибудь я пойму, какое счастье упустил. Сама же она не ждёт благодарности, и терпение её лопнуло.

— Прощай, козёл! — сказала она и хлопнула дверью.

Нищеброд — это очень обидно. Я зарабатывал, как две воспитательницы детского сада. Или как половина нейрохирурга. На беду, Люся получала как целый нейрохирург. Когда мы только сходились, всё было иначе. Я гонял на «мерседесе», служил маркетологом. Она же читала новости на радио за «спасибо». А иногда и без него. Знала расписание трамваев и сама себе пилила педикюр. Наверное, слишком снисходительная была у меня рожа, когда я, так и быть, на ней женился. Гордыня — страшный грех. Не прошло и года, дельтаплан моего успеха рухнул и застрял в переплетении водопроводных и канализационных труб. Я стал сантехником. Страшный удар для Люси. Сама она нипочём бы не вышла за водопроводчика. Только путём коварных интриг и предательства так вышло.

Когда выяснилось, что я наяву хожу по району в сапогах и с огромным разводным ключом — Люся напилась. От отчаяния и горя. У неё на работе была корпоративная вечеринка. Шеф устроил алкоголический конкурс. Люся приняла вызов и даже почти победила. За секунду до триумфа она сдалась и упала в крепкие директорские руки. Через минуту он и сам рухнул в объятия подхалимов. Все сотрудники в тот вечер струсили. Только Люсе нечего было терять. К тому же она занималась спортом и презирала опасность. На следующий день стала начальником смены. Через месяц — руководителем отдела светских новостей. К минуте нашего развода достигла абсолютной вершины радиобизнеса, сделалась программным директором с правом звонить Хозяину в любое время суток. Также она может обращаться к нему на ты.

Конечно, я ей не пара. Я могу в любое время суток называть на ты кого угодно и стучать ночью кувалдой по трубе. Эти широкие привилегии не очень престижны, к сожалению. И в гороскопе моём сплошные ретроградные Сатурны. Астрология — чушь, но скажите это моим финансовым показателям. Они, показатели, упорно тащат меня к коробке из-под телевизора. У них своё мнение.

В общем, развелись. Люсю теперь видят в провинции и в метрополии в компании богатых рабовладельцев. Она и сама много работает, детей берёт на выходные.

Я же завёл страничку в интернете, полную дурных предчувствий. Пишу про любовь и страдания. И про женские ноги, такие теперь недосягаемые. Трижды смотрел сайт продажных женщин, прицениваюсь. Но пойти на контакт не решился. Не знаю, мои знакомые как-то с кем-то знакомятся. И даже занимаются потом настоящим сексом, с раздеванием и прочими милыми штучками. Мне же снятся спящие красавицы.

Будто я лежу рядом и боюсь её разбудить. Просто таращусь всю ночь.

В России убогим быть выгодней, чем счастливым. Мои эссе горьки от тестостерона и одиночества. Их читают неспешные женщины, похожие на осенних бабочек. У женщин огромные сердца и своя жилплощадь. Многие пишут нежные письма, жалеют меня, зовут в гости на котлеты и пожить недельку. Я никому не отвечаю. Боюсь встретиться и увидеть разочарование в их глазах.

Покупая молоко и хлеб, я тайком рассмотрел кассиршу. В нашем супермаркете есть одна такая, ничего. В молодости была совсем красивой. А сейчас немножко обвисла, опечалилась, судя по фигуре, любит пиво и, в целом, принадлежит к моему биологическому виду. Самочка нищеброда. Ей бы понравилась жизнь в хрущёвке с выходными в парке. Она не подозревает, что в Барселоне строят Саграда Фамилия и не стремится непременно увидеть это царапающее глаз нагромождение. Возможно даже, она боится путешествовать в такую даль. Мы могли бы вместе гулять по проваленным асфальтам и улучшать сардельки кетчупом. С другой стороны, у меня уже живёт кот Федосей. Приветливый, умный, с ясными глазами, тоже равнодушный к путешествиям. Заводить кассиршу и потом разрываться между двумя равноценными существами — неосмотрительно. Я решил ничего не менять. Встречая мини-юбку, я буду поднимать глаза в небо. Или научусь видеть в женских коленях исключительно динамическое искусство. Динамическое без каламбуров. В том смысле, что, когда они мелькают, становятся втрое прекрасней в сравнении с неподвижными. Вообще, на шевелящуюся женщину смотреть интересней, чем на огонь, воду, работу асфальтоукладчика и смеющихся дельфинов, вместе взятых. Бесконечно можно смотреть. И, раз уж я одинок, мне можно таращиться даже на теннисисток, прыгуний с шестом и танцовщиц свинга.

Попёрло

За год воздержания эротические сны обрели драматизм. Незнакомки пропали. Приходила то сокурсница, то одноклассница, то обвислая кассирша. Они вытворяли такое, чего я никак не ожидал. Наутро, осатанев от либидо, открывал компьютер и рожал новый опус. Мой литературный герой был совсем как я — рохлей, обжорой, неврастеником. Ничего даже сочинять не надо было.

Все мои страсти не выходили за пределы кухни. Но если в кино это значит, что красивый герой раскладывает на столешнице героиню и, так сказать, жарит, то у меня всё то же самое случалось с говядиной и свёклой. Причём они насиловали меня, а не наоборот. За неимением любовных драм, я писал кулинарные. Публиковал их в надежде на помощь просвещённого мира. Но большинство читателей ничего не советовало. Люди просто радовались, что есть кто-то ещё, бестолковей, чем они сами. Блог стал популярен. Семейные журналы публиковали мои опусы в разделе «Как не надо жить».

А потом позвонил мужчина. Назвался Сашей Ивановым, поклонником моего творчества. Он хотел собрать книжицу. Соблазнял гонораром в тысячу долларов. Клоун какой-то, подумал я и повесил трубку. Он перезвонил, сказал:

— Отключилось чего-то!

Я снова нажал отбой. Думал, он поймёт, что я не наивный простак, и отстанет. Александр Иванов оказался настойчивым искусителем. Перезвонил в третий раз, признался в любви. Сказал, что обожает те мои истории, в которых я, что бы ни хотел приготовить, получаю из мяса сапожные подошвы, а из всего остального — гороховый суп. Это ужасно смешно, сказал Иванов. И не только он, многие люди хотели бы купить такие пронзительные исповеди в бумажном виде. Гонорар, кстати, может достичь двух тысяч, сказал он, загадочно понизив тон.

Никогда ещё мужчины не любили меня так назойливо. И две тысячи за ерунду не платили. Даже Люсе в минуты её расцвета, после бани и парикмахерской, не предлагали таких деньжищ. Я представил, как раздам долги и отремонтирую ванную комнату.

Все мои опусы распечатаны на серой бумаге. Мне нравится думать, что Толстой писал на такой же. Я смотрел на стопку рассказов с некоторой даже гордостью. Раньше. Потому что теперь, под угрозой публикации, все эти буквы и страницы преобразились. Шутки стали глупы, герой нарочито инфантилен и притом страшный мизерабль. Следовало переписать книгу в лучезарном ключе. Но расковыривать старый невроз — то ещё удовольствие. Наступив на горло жадности, я написал решительный отрицательный ответ. Твёрдо и навсегда отверг Иванова. В конце письма выразил надежду на понимание.

Бес Иванов впервые встретил литератора, отвергающего славу и деньги. Вскоре он объявился сам, в Риге, пригласил обедать в дорогущем ресторане «Анабель и огурцы». Там у входа выстроены девушки небесной красоты. Раньше я только смотрел, теперь же подошёл к ним на два метра и даже встретился глазами. Самая удивительная пригласила следовать за ней, имея в виду только столик. Проводила и ушла.

Я потом чуть шею не сломал, высматривая, как там она, полуголая, не замёрзла ли.

— Рад видеть, что вас не покинул интерес к жизни, — иронически сказал Александр, отследив мой взгляд. Он заказал оленью строганину с пармским сыром для начала разговора. На горячее утку, фаршированную гречневой кашей и печёнкой. С гречкой понятно, а вот чью печень вставили в утку — меню не сообщало. Александр взялся за меня без всякой артподготовки, не разменивась на вопросы о здоровье и как оно вообще. Очень незатейливо выложил на стол пачку купюр. Резинка, стянувшая банкноты, была подчёркнуто скромной. Рядом с пачкой положил договор.

— Кровью подписывать? — спросил я.

— Чернилами, — ответил Иванов не смутившись, чем и выдал себя как представителя тёмных сил. Он протянул мне ручку фирмы «Пеликан».

Конечно, я не собирался ничего подписывать. Нужно было всё внимательно обдумать и просчитать. Пожар сомнений, ад метаний, припадки циклотимии терзали меня секунд тридцать. Когда нормы вежливости были соблюдены, я взял ручку и аккуратно подмахнул каждый лист. Моя мятущаяся душа обрела покой и разрешила телу наконец уже вернуться к оленю, утке и ангелоподобной официантке.

Переписывание далось нелегко. Я писал ночами, до фиолетовых звёздочек в глазах, до тремора и аритмии. Перемалывал свои страдания. Обрыдался. Вычистил ошибки, выбросил наречия, страдательные залоги, модальные и возвратные глаголы, сложносочинённые предложения, местоимения, витиеватые прилагательные, пронумеровал страницы, придумал название и отправил Иванову. В ответ ни звука. Тишина. Александр, видимо, вступил в бандитское сообщество и залёг на мешки с автоматом Томпсона. Я испробовал все виды связи, кроме голубиной почты — менеджер не отзывался. Трубку в издательстве поднимали незнакомые вежливые дамы. Судя по компетенции, все они только что вернулись с Марса. Они не знали имён, не ведали дат. Имени Севастьяна Свиридова (это я) не знали, о рукописи не слышали. Клялись перезвонить и пропадали навек. В следующий раз к телефону подходили новые, с ещё более чистой памятью женщины. Их в издательстве бесконечный запас. Через знакомых блогеров выяснил ужасное: Иванова уволили за бесперспективность. Его проекты не приносили денег. Сам он, впрочем, оказался богатым дядькой, владельцем гостиниц и пароходов. Книгами занимался из любви к искусству. Но искусство его отвергло. Теперь Иванов живёт в Индонезии, на собственном острове, в собственной гостинице, на всех обижен, ни с кем не разговаривает.

Появился другой издатель, помельче. Предложил пять тысяч. Он был в два с половиной раза добрей издательства «Мост» в лице Иванова. Я бы и рад продаться снова, но расторгнуть прежний контракт оказалось невозможно. Снова звонил в Москву, книгопечатные девы опять ничего не знали, но уже с заметным раздражением. Деньги назад не принимали, договор не отменяли, книгу не издавали. Собаки на сене какие-то, а не предприятие. Мир большой литературы обернулся неприятной капиталистической клоакой. Всё это походило на призыв к смирению, выраженный в такой витиеватой форме. Мечтать о книге — гордыня. Если хочешь благодати, встань на камень, как отче Серафиме, и дружи с медведями.

Однажды страшной ночью одной всемогущей кнопкой «Delete» я уничтожил рукопись, все адреса и следы переписки с издателями. И лёг спать. Утром купил велосипед, кастрюлю-утятницу и «Бхагават Гиту». Все перипетии жизни остались позади. Был апрель, мне исполнилось сорок три, время готовиться к реинкарнации. В следующей жизни я загадал родиться симпатичной девчонкой. Если уж кто бывает счастлив, так это они. Когда Люся призналась мне, что я уже три года как не предмет её эротических фантазий, вот это было разочарование. В сравнении с ней предатель Иванов меня почти не расстроил. Ну переписал я свою жизнь и уничтожил, и что? С точки зрения психотерапии очень полезно.

Пообещав себе мыслить позитивно и писать исключительно светлуху, я стал писать исключительно о любви, синих морях и мурчащих котиках. Блог превратился в оазис идиотской благодати, в фестиваль счастливых финалов.

Так прошёл ещё год. Разрушенная издателями психика почти зажила. И вдруг из забвения и пепла, из пустоты вновь соткался Иванов. Взмахнул хвостом, безо всяких «привет» и «простите» сообщил, что книжка вышла. Мало того, продаётся отлично. Всё, как он и предсказывал. Успех небывалый, торговцы счастливо повизгивают. Первый тираж распродали за три дня. Второй — за неделю. Сейчас заканчивается третий. Четвёртый будет огромным, а всего уже заказано восемьдесят тысяч! История моего развода обскакала по рейтингам некоторые кулинарные издания. Иванов призывает подписать договор на вторую книгу. В знак любви он повышает роялти на два процента. В издательском деле, кто не знает, это королевский жест.

Тут же прислало письмо второе издательство. Эти советовали не верить Иванову и обещали оклеить купюрами меня самого и всю мою квартиру. Удивительно. Уже в этой жизни я ощутил себя симпатичной девчонкой. За меня боролись богачи. В ограниченных пределах я мог капризничать беспредельно. Люся всю жизнь мечтала выбирать из нескольких миллионеров лучшего. Её мечта сбылась. Она долго собиралась, зрела, наконец прилетела, не застала Люсю и накрыла меня. Я вредничал как мог. Всемирная конференция капризных женщин могла бы мной гордиться.

Я не отказал сразу. Я описал свою боль в деталях. Припомнил, как мурыжили, недоплатили, и ещё был момент — они потеряли рукопись! После стольких гадостей какая может быть дружба, сказал я Иванову в приветственном письме. Я представлял, как он позвонит, я разорусь, он притихнет в телефоне, а я скажу, что терпение лопнуло. Совсем как Люся когда-то. И уйду к другому издателю.

Александр не стал звонить. Он прилетел. Что-то почуял, хитрый демон. Пришлось идти в ресторан «Анабель и огурцы» второй раз. Той неземной официантки не было, то есть всё зря. Попрощаться можно было и не рискуя угробить пищеварение жареным мясом. Эссеисты люди не скандальные, для разрыва отношений лицом к лицу им нужно набрать в грудь воздуху.

Пока набирал, Иванов пошёл в атаку. Решительно и дерзко. Он положил на стол новый договор. Я снисходительно улыбнулся. Некоторые менеджеры переоценивают своё обаяние. Рядом с договором Иванов опустил портфельчик. Открыл. Внутри лежали деньги. Толстые пачки. На глаз — моя зарплата лет за десять, на трёх работах, если вкалывать без сна и обеденных перерывов.

Мы много слышали о странном магнетизме мерзавцев. Знакомые женщины жаловались на негодяев. От них-де головокружение и слово «нет» не выговаривается. Что бы негодяи ни спросили, хочется ответить «я пойду за тобой на край и ещё дальше!» Теперь-то я понимаю, о чем речь. Попробуй, откажи такому портфелю.

— Ну, не знаю, — сказал я неискренне.

— Так ты ж дослушай, — оживился Александр и царапнул пол копытом. — Кроме этого (он показал глазами на сумку), мы увеличим роялти. И главное...

Сердце замерло. Впереди таилось неведомое. Чемодан был второстепенной приманкой. За пещерой Алладина ждала тройная пещера Алладина.

— Главное — дом в Юрмале! — сказал менеджер.

Дом

Издательство «Мост» и лично Александр Иванов невозможно любят моё творчество. Для меня арендован особняк в деревне. Свежий воздух, тишина, вид на реку. Селянки пасут коз. Это не расточительность, а трезвый расчёт. Иванов видит опасности, которых не видят молодые литераторы, такие, как я. Заполучив чудо-портфель, я побегу скупать недвижимость. И придёт беда. Я утону в ремонте пятикомнатной какой-нибудь рухляди. Растрачу себя на кафель, краску, паркет, сантехнику, шпатлёвку. Изойду на ненависть к электрикам и стрельбу по прорабам. Через полгода вымотанный, нищий и злой, усядусь писать. Не ради творчества, а от голода. И вместо изящного романа настрочу социологическую диссертацию о жизни молдавских штукатуров. Читатели отметят, как усох мой слог, и отвернутся.

И всё. Конец. А нам важно не замедлять бег строки. Иванов спросил, много ли написано за последний год. Я сделал многозначительное лицо и очертил округлый жест, означающий что угодно.

— Нам нужен роман средней упитанности, восемьдесят тысяч слов. Пятьсот тысяч знаков, примерно, — сказал Иванов.

Я важно кивнул. У меня и половины не было. После редакции текст похудеет вдвое. Писать — это значит сокращать, говорил Чехов. Для литературы сокращения целебны, вот только мне сокращать нечего.

— К сентябрю успеешь? Хотя бы полуготовое, показать редакторам? — спросил Иванов. Я обещал успеть. С новым портфелем жизнь казалась простой и светлой. Деньги страшно разжижают мозг.

Мы уговорились встретиться в сентябре. Дети домучают учебный год, отправятся на лето к бабушке. Кот тоже поедет, одиноко воя в багажнике. У него нет выбора. У нас никто не спорит с бабушкой, все грузятся и пылят навстречу свежим ягодам и помидорам. Бабушка — это вам не добрый Зевс, все её слушаются.

Три месяца я буду жить один. В отдельном доме. Вставать не очень рано, пить какао, писать тысячу слов в день, обедать, гулять. Потом сиеста и снова работа до ночи, редактирование. В таком писательском раю можно вымучить что угодно. Если к тому же телефон отключить, — не только роман, живую материю воссоздать можно из воды и молний. Тем более с видом на реку и коз.

Мой благодетель проглотил кофе, стрельнул жёлтым глазом за окно и выдал записку с телефоном и адресом.

— Дом в закрытом посёлке. Юрмала. Адрес — улица Променадес, пять. Оформлен на Александра Иванова. Менеджера зовут Ирина, скажешь, что от меня. Она выдаст ключи, покажет, расскажет, обнимет, почешет пузик. Всё. Если конура понравится, когда-нибудь сможешь выкупить. Потом. С пятой книги. Там, правда, пастораль. Приличные, скучные соседи...

Вот так, тихо и ласково, работают современные работорговцы. Полная анестезия, никакого дискомфорта. Наоборот, Александр Иванов казался ангелом с переливчатым нимбом. Хотелось расцеловать его в глаза и щёки, как бассет-хаунда. Не читая, я подписал новый договор и сунул записку с адресом в бумажник.

Моя хрущёвка — сорок семь метров, полторы комнаты. Крыша течёт, стена промерзает, на лестнице ночуют бомжи. Иногда хорошие, а иногда нагадят и сбегут. С другой стороны, предыдущая квартира была ещё хуже. Помесь собачьей конуры и скворечника. Не квартира даже. Комната, она же и кухня, на втором, последнем, этаже деревянного барака. Лестница почти верёвочная. Пятнадцать чёрных, никогда не освещённых ступеней казались северным склоном Эвереста. Нетрезвому человеку взобраться почти невозможно. Жильцы соседней квартиры, муж-дурак и жена-графиня, часто ночевали прямо в подъезде, у входа. Во всём доме только эта соседка всегда возвращала латик, одолженный на пузырь. Может, и правда графиня, кто её знает.

Сортира в той квартире не было. Дом строили до революции. Ранние, начала прошлого века, пролетарии не считали за труд сбегать в будку на заднем дворе. Будка тоже была ровесницей революции. Страшная, дряхлая, тонкий настил над пропастью в нехорошую бездну. Доски опасно прогибались и трещали, никаких посиделок там не хотелось. Вбежал — выбежал. Когда и с кем произойдёт беда — никто не знал. Было понятно лишь, что однажды случится. Поздние гости после глиссандо по лестнице выходили во двор, а там чёрные кусты, похожие на маньяков, серая тропа и эта будка, дверь в иные миры.

Мне до сих пор снятся сны, в которых я живу большой совой в дупле на дубе и писать бегаю в соседний лес. Я хоть и сова, а летать не умею даже во сне. Возвращаюсь — дуб вырос. И стою под дождём, и не знаю, как взобраться. С другой стороны, в той квартире была дровяная печь, источник ароматной двуокиси углерода, сказочный очаг.

В хрущёвке полный кран горячей воды, санузел — уютная библиотека. Соседи снова алкоголики, но культурный уровень выше. Если отдубасить самого горластого, обретёшь авторитет, будешь указывать, кому под каким кустом валяться можно.

Мне не нравится Юрмальский пафос. Добровольно к этим мажорам я бы не переселился. Но Люся назвала меня нищебродом. И все любимые маргинальные мелочи — вид из окна на пьяниц, сирень, продавленный диван, кот наглый и умный, омлет в щербатой тарелке — всё стало родным и жалким. Юрмала показала бы, кто из нас двоих мужик, Люся или я. На миг стал слышен даже скрип её зубов — признак удушливой зависти.

На следующий же день я уволился из домоуправления. Напрасно ругалась женщина с новой ванной.

Тщетно махал кулачищами мужчина с текущим унитазом. Я всем объяснил, что никогда больше не возьмусь за трос с ёршиком. Для верности продал навсегда полный сарай прекрасных инструментов. Вместе с сараем. Пошёл и приобрёл кабинетный стол, такой просторный, что можно сажать некрупные самолёты. Купил лампу, как у Мюллера в фильме про Штирлица. Настенные часы купил, чайник и новое кресло, чтобы кот мог драть вату из него, не сдерживая себя и не экономя. Ещё купил книгу «Как написать гениальный детектив». Последним штрихом стал синий халат, удивительно мягкий. И только потом я вспомнил, что везти это добро мне некуда. Пришлось превратить старую свою квартиру в декорации спектакля про взрыв на мебельном складе.

Кое-что о мире моды

В Российской топографии пять километров списываются как погрешность карты. В Прибалтике это огромное расстояние. Можно нечаянно покинуть свою страну и углубиться в соседнюю. Посёлок приписан к Юрмале ради престижа. На самом деле слева лес, справа болото. До пляжа полчаса с пересадками, до центральной улицы с полуголыми нимфами ещё дальше. Но воздух свежий.

Я не знаю, сколько здесь домов. Очень много. В середине нулевых россияне скупили под Ригой дачи, получая заодно и вид на жительство. Приморские леса заросли навыми домами, будто срисованными с немецких пасторалей. Вот и тут все строения разной формы, но с одинаковыми синими крышами. Очень нарядно. В центре деревни искусственное озеро, парк с готовыми мангалами и дорожки для бегунов. Газоны, деревья — всё подстрижено, выметено, причёсано и поцеловано. В центре огромный плакат с пиктографической инструкцией: собака какает — совочек — мешочек — счастливые лица. И никаких алкоголиков на травке, въезд охраняют совсем не бутафорские верзилы с дубинками.

Они меня не пускали. Пришлось звонить менеджеру Ирине. Она мгновенно сняла трубку, ответила мужским баритоном. «Я вообще не Ирина», — признался голос. Какой-то заместитель. Ирина уехала, но кольцо всевластья оставила. Заместитель прибежал, молодой, горячий. Всё куда-то звонил и смотрел на часы, очень спешил. Выдал ключ, приказал сделать копию, оригинал сдать охранникам. Он замещает Ирину первый день и многого ещё не знает. Назвал меня Александром, сказал, что их компания рада со мной сотрудничать, дом через три перекрёстка прямо и три налево. Седьмой квартал, литера «Н». Как в слове «новость». Юноша профессионально улыбнулся и сбежал. Ну и ладно. Я нашёл нужный адрес, не без волнения вставил ключ в замок.

Дом не широкий и не длинный, два этажа и в крыше кокетливая башня. Именно из неё видна река. Не сразу, конечно. Нужно высунуться по пояс в бойницу и посмотреть за зюйд-вест. Там, за деревьями, будто бы блестит чего-то. Молодец Иванов, не соврал. В этой башне я устрою кабинет.

На втором этаже три спальни. После лета вернутся девчонки, у каждой будет своя берлога. Перестанут драться по утрам, и вообще всем нужны закутки. Коту комната не нужна, он живёт везде, а прятаться ходит в шкаф с бельём. Вот и угадайте теперь, кто здесь отличный отец с раздельными апартаментами.

Внизу гараж, бойлерная и баня. В гостиной камин нескромный, стеклянная стена с видом на ель в палисаднике. Занавесочки, салфеточки, цветы на окне, кто-то же их поливает. В холодильнике вино, сыр, свежая зелень. Не думал, что в арендованном жилье бывает так уютно. На секунду закралось даже подозрение — а тот ли это дом. Но адрес в записке совпал и ключ подошёл. Всё-таки дорогое жильё — это вам не хостел в Выдропужске. Молодцы менеджер Ирина и торопливый её помощник.

В стенном шкафу остались чьи-то вещи. Женские. Прежней владелицы, видимо. Пришлось звонить Иванову, спрашивать, чья одежда и как с ней обходиться. Иванов ответил жёстко: всё выбросить на помойку. Никаких сомнений. Хозяйка съехала и точно не вернётся. По договору мы не обязаны хранить чужие тряпки. Странно. Джинсы всякие, юбки, надписи «Dior», «Versace». Всем бы считать такое тряпками. Свиньи всё-таки эти богачи. Некоторые одежды и не поймёшь, на что надевать. То ли шапка с карманами, то ли шорты на три ноги. Бомжи на свалке голову сломают. *Настоящее непонятно что* от кутюр.

Я очистил три шкафа, утрамбовал гардероб в мусорные пакеты, вынес и сложил у контейнера. От избытка чувств ринулся мыть пол, пустил на тряпку джинсы от Ковалли. В таком чистом, с вымытым полом коттедже запросто заведётся новая женщина. Даже не очень спортивный писатель возле этого камина покажется милым и подтянутым.

Вечером купил дров и вина. Счастливая жизнь началась. Сидел в кресле, смотрел в огонь. Однажды ко мне приедут друзья, запоют дурацкие песни и будут завидовать немножко. Впрочем, честно, они позеленеют от зависти. На то и друзья. А однажды заглянет Люся. За деньгами, например. Я крикну в глубину дома:

— Солнышко, принеси кошелёк!

Сверху сбежит аккуратная шатенка, похожая на Кейт Бекинсейл. И всё. Непонятно, чего ещё желать. Только счастья для всех даром. Ещё хорошо бы книжку сдать в срок. Я дотянулся до компьютера, набрал первую строку:

«Говорят, красное вино убивает радионуклиды. Страшной показалась прошедшая ночь моим радионуклидам».

В прихожей зашуршало. Кто-то нехороший ковырял замок. Было слышно: открылась входная дверь, хлопнула, закрылась. Повернулась защёлка. Незнакомец вошёл и топчется. В прихожей загорелся свет. Шерсть на моём теле встала дыбом, в глазах поплыли круги, в ушах зашумело, — всё говорило о скорой драке. Возможно даже, предстоит фехтовать какими-нибудь железными предметами. Видимо, бандиты узнали, что дом пуст, и пришли спереть забытые ценности. Зря я выбросил одежду. Мог бы откупиться. Пока они бы перебирали и думали, куда что надевать, я бы сбежал. Странно, что машина моя их не насторожила. У самого подъезда ведь...

Стараясь не выдать себя ни скрипом, ни шорохом, я опустил бокал, перехватил кочергу на манер двуручного меча и тихо двинулся в прихожую. Выглянул в щель между дверью и косяком — женщина стоит. Одна. Некрупная. Лет двадцати семи. Не очень опасная внешне. Спиной ко мне, лицом к пустому шкафу.

Даже по позвоночнику было видно, как она озадачена. Сняла уже сапоги и джинсы. Красивая такая, стройная, в одних колготках. Удивляется тому, насколько пуст и гулок её шкаф. А ведь ещё утром был полной чашей.

Она явно не верила глазам. Короб поражал её своим внутренним простором. Я тщательно всё из него убрал. Теперь нужно было объясняться. Я сделал шаг вперёд и сказал «здрасте», негромко. Гостья обернулась, подпрыгнула, вскрикнула по-птичьи и прикрыла рот руками. На меня никто ещё не смотрел с таким ужасом. Кажется.

— Не надо кричать... — сказал я и поднял примирительно кочергу.

Она кинулась к двери. Дергала, не справлялась с замком. Я смотрел, не шевелясь. Не хватать же её за колготки. Наконец повернулся ключ, она выскочила вон. Пришлось идти следом, горячо шептать в спину, чтобы не тревожить соседей, уговаривать вернуться. Я говорил, что это ошибка, призывал всё обсудить.

— Послушайте, вы от смеха упадёте, когда я вам всё объясню!

Женщина не прельстилась моим юмором. Она вообще меня не слышала, неслась быстрей звука.

Я вселился не в тот дом. Зря полы мыл. Походил по улице, почесал кочергой спину. Весь её прекрасный гардероб сейчас трясётся в мусорной машине. Контейнер пуст, мешки уехали. Странно, что ключ подошёл. Проверил номер на стене — «КВ-7-Н» написано. Всё точно, как сказал менеджер. Нужно будет вот этой кочергой объяснить ему потом принципы аккуратной работы с клиентами. Женщина, меж тем, скрылась за поворотом. Лучшее, что я мог предпринять — это бежать в противоположную сторону.

Я вернулся, скрутил провода компьютера, сложил сумку и выскочил во двор. И остановился. Мне навстречу, рассыпая синие молнии, выехал воронок.

— Положите кочергу и поднимите руки! — сказал полицейский репродуктор.

Какие-то они в этой деревне мгновенные, дяди в форме гестаповцев. Они были куда сильней меня. Какая-то в них непропорциональная мощь. Скрутили, положили на капот. Проверили карманы. Натараторили чепухи насчёт моих необъятных прав. Эта дура полоумная в колготках стояла рядом, смотрела брезгливо. Будто перед ней не перспективный литератор, а рептилия. Заполз в дом и всё обслюнявил. Это ещё она не видела того шкафа, который в спальне. Может, и правда лучше заночевать в каталажке.

Когда писали протокол, я представился работником искусств, эссеистом.

— Это мы видим, — сказал полицейский капитан, тряся объяснительной. Мой творческий путь его не интересовал. История о Саше Иванове казалась фабулой утопической новеллы. История доброго богача, разрешившего выбросить чужие вещи и спокойно жить в чужом доме, показалась стражам занятной, но совершенно неправдоподобной. Кому принадлежит здание — я не знаю. С кем Саша заключал договор, где настоящий хозяин, как его фамилия — ничегошеньки-то мне не ведомо и оправдаться нечем.

— Ну, давайте найдём этого вашего доброго человека — сказал капитан и ухмыльнулся. Он думает, я выдумал свою роль и литературного агента. Пришлось рассказывать ненужные подробности, всё, что знаю. Мне нужна достоверность, хотя бы в ощущении. Работает Иванов в издательстве «Мост». Мы несколько раз встречались. Где-где встречались, — в ресторанах. Не в хрущёвку же его приглашать. Да, у меня есть жильё, двушка в заводском районе. Трубку

Иванов, разумеется, не поднимал. Загадочная менеджер Ирина в отъезде, юный её заместитель трясётся на дискотеке и телефона не слышит. Договора об аренде нет, имён соседей я не знаю. Почему бы не поверить такому честному рассказу, говорит капитан. Скоро приедет хозяйка, принесёт опись пропавших вещей. Если ущерб превысит пятьсот латов, у господина писателя (он показал на меня) будет много времени для творчества. Лет пять. А то и семь. Потому что кочерга — холодное оружие. Помечтал у камина, называется.

Катя

рибежала эта лярва. Джинсы не по размеру, будто одолжила. Очень злая. Молнии рассыпает не хуже полицейской машины. Накатала заявление, состоящее целиком из фамилий средиземноморских дизайнеров. Впредь, встречаясь с чужими туфлями, буду внимательней. Вдруг это настоящий Маноло Бланик за три тысячи евро.

Её зовут Катя. И горе тому, кто её обидит. Она попросила разрешения войти в клетку, чтобы лично меня загрызть. Не похоже, чтоб это могло её успокоить. Ей же захочется потом меня оживить и ещё раз замучить каким-нибудь новым способом. Я сидел за спасительными прутьями. Молчал, чтобы не провоцировать фурию. Клеть не казалась надёжной. Пока дядя полицейский поднимет зад, чтобы мня спасти, всё будет сделано. Он к тому же косил на тугую Катину попу и совсем не волновался о моей безопасности.

— Я хочу знать, где мои вещи! — звенела Катя.

— Послушайте, — сказал я спокойным, уверенным тоном. — Я всё выплачу. Я богатый писатель. В крайнем случае продам квартиру.

— Рот закрой, гопник! — оборвал меня полицейский. Он хотел ей нравиться. Когда пострадавшая сторона такая ладная, аккуратная, с такими светлыми глазами и тёмными кудряшками, с такой аккуратной головкой и маленькими ушками, кто угодно захочет её опекать. У меня была одна знакомая, жертва мужа-грубияна. Пришла в милицию, показала синяки на бедре и через неделю вышла замуж за майора МВД, очень нежного и заботливого. Да. А у нас тут капитан.

Он рассказал о новых криминальных тенденциях. В Юрмале много пустых домов. Русские богачи покупают, но не живут. Воры повадились сначала гостить пару месяцев, а потом уже выносить вещи. Особенно летом, почему бы не отдохнуть. Наглые типы. Снаружи и не скажешь. Тут полицейский снова посмотрел на меня.

— Кого это вы назвали наглым типом? — спросил я, делая вид что завожусь и могу быть опасен.

— Ха! — ответила Катя.

— Я литератор, мой литературный агент снял для меня этот дом. На полгода. Пока книгу не сдам.

— Литературный агент? — переспросила хозяйка.

— Ну да. Александр Иванов. Издательство «Мост».

Катя сложила губы, будто для поцелуя, посмотрела себе на ноги. Кеды на ней модные, но теперь, кажется, единственные. Она помолчала минуту, сложила губы утиной попкой. Прошлась туда-сюда. Потом повернулась к полицейскому и говорит:

— Мечтаю забрать своё заявление. Передумала. Вот такая я внезапная. Мне даже нравится, когда меня грабят. Вы ведь вернёте мне бумагу? — и улыбнулась очаровательно.

— Это ваш дом? — Вдруг спросил полицейский.

Оказалось, и не её. А чей — она не знает, договора у неё нет. Дом для неё снял, что характерно, некий Александр Иванов.

«Банда!» — подумал офицер. Я не стремился сидеть вместе с этой психической. Катя тоже хотела бы пойти домой, но в отделении прятался целый рой румяных капралов. За каких-то семь минут они её скрутили, затолкали ко мне в клетку. До выяснения обстоятельств. Сказали: завтра в одиннадцать часов придёт следователь, он любит народные сказки.

В камере

Сидели молча. Она вздёрнула носик, скрестила руки-ноги, смотрела в сторону. Надулась. Кудри спутались. Молодец, показала полицейским, что такое борьба за справедливость. Исцарапала всё отделение. Смуглая, тонкая, глазища в полнеба. Мешаная кровь. В параллельном мире, где я выше, моложе и богаче, обязательно приглашу её пройтись по пляжу тёплого моря. Но не теперь. Такой как сейчас — я даже Люсе не нужен. А Катя круче Люси в триста раз. И обходится в быту, наверное, во столько же раз дороже. У неё даже кеды от Маноло Бланик, возможно. Хорошо хоть, можно рядом посидеть. Думаю, ей обувь дороже живого человека. Но какая ж симпатичная, зараза!

Старался думать о приятном. Представил, как наору на Иванова. Как он будет мельтешить и хватать меня за руку. Ещё Кате расскажу про источник наших бед. Тогда совсем хана Саше-карапузику. Катя испепелит взглядом и его самого, и всё его издательство. Ничто так не сближает далёких людей, как групповое избиение литературного агента. Возможно, мы даже подружимся на почве ненависти. Может же богатая красавица дружить с эссеистом.

— Какая нелепая случайность! — скажет Иванов, пытаясь оправдаться.

— Нелепая случайность — это пищевое отравление в театральном буфете! А ночь в кутузке — это катастрофа! — отвечу я остроумно. Катя оценит мою находчивость. Каким образом она попадёт на место наших переговоров — неважно. Сидящий в тюрьме человек не должен ограничивать фантазию подробностями. Воображение — наша последняя свобода. Я даже благодарен Иванову. Без него не сидеть бы мне с ней на одной лавке. Но как менеджер он — полный идиот. Позвоню в издательство, пусть этого заберут, пришлют другого.

У меня в хрущёвке нет кабинета, башни и никаких раздельных спален. Зато есть двухэтажная кровать.

Вечерами мы играем на ней в «отражение авианалёта». Творим что хотим. И никто не врывается, не требует отдать туфли с кофтами. Ещё есть диван в гостиной, преогромный. А коту весь мир кровать, он ночует где захочет. Ему везде мягко — думал я, сидя на жёстком топчане. И вообще, если не в простоте счастье, то скажите в чём.

— Это я во всём виновата. У меня судьба такая — источать неприятности. Из-за меня страдают люди. — вдруг заговорила Катя. Она ничем уже не напоминала женского терминатора. Нос опущен, губа дрожит. Я и подумал о том, как жутко ей в этой бетонной коробке. Воздух спёртый, свет едкий, замок на клетке страшный. Опасаясь местного энтомологического разнообразия, она не решается даже сесть во всю попу. Скорей висит рядом со скамьёй в позе сидящего человека. Редкая девушка признаёт вину, даже будучи виноватой. А эта прям княжна великодушная. Захотелось обнять её, совершить героическое, как-то утешить. Стал отговаривать.

— Думаю, всё ровно наоборот, Катя. Вы невинная жертва и хороший человек. Уж я-то в людях разбираюсь. Всему виной наш менеджер, Александр Иванов. Он проявил себя как настоящая, извините, фекалия!

— Не смейте! Саша прекрасный человек! Меня здесь вобще не должно быть. Я обманула его. Сказала, что уеду. Он мне дом в Калифорнии купил. С видом на океан. Он уверен, я сейчас там.

Этот Иванов и правда щедрый дядя. Катя писатель малоизвестный. Я ничего о ней не слышал. Однако ж он ей отслюнявил виллу с видом на Полинезию, если хорошо всмотреться. К таким работодателям не стоит относиться строго.

— Простите Катя, вы работаете, видимо, под псевдонимом. Осмелюсь предположить, что вы знаменитая Максимилиана Грейс... Мне очень лестно, что у нас один на двоих литературный агент. А я — Севастьян Свиридов, эссеист...

— Я не Максимилиана. А Иванов — мой муж. Бывший.

— Ах... Неожиданный поворот. Понимаю. Бывший муж...

В одно мгновение Золушка превратилась в коварную разведёнку, в смазливую охотницу за миллионами. Люся в сравнении с ней лишь личинка хитрой стервы. Мало Кате дома в Калифорнии, подавайте дачу в Юрмале. Жадные бабы — источник всех земных бед. На втором месте глупые начальники, на третьем — ленивые мужья. Катя вздохнула.

— Это его дом. Я обещала уехать.

— Верно ли я вас понял, Катя? Ваш муж по фамилии Иванов сдал мне жилище вместе с бывшей женой, которая должна была, но не уехала?

— Ну да. Почти так. Он сам арендует дом, но хочет выкупить. Скоро выкупит.

— А почему не уехали? Самолёт вас не дождался? Эти лётчики ужасно нетерпеливы. Подлецы, я считаю...

— Неа...

Она пожала плечами. Точней, одним плечом, лишь чуть приподняла. Как-то очень мило, прям поцеловал бы. Некоторые маленькие жесты помнишь потом всю жизнь.

— Влюбилась.

Она снова переменилась. Только что выглядела сколопендрой, теперь шевельнула плечом и превратилась в тихого ангела. И так чисто прозвучало это «влюбилась», как ни один плохой человек не скажет.

— Знаете, Катя, у нас вагон времени. Следователь придёт утром, и до одиннадцати нас ничто не разлучит, кажется. Расскажите. Я книжки пишу, мне интересно. Завтра мы расстанемся, послезавтра вы меня забудете. К тому же обещаю считать, что вы мне всё тут врёте. Клянусь не верить ни единому слову.

Она посмотрела, улыбнулась. Я бы служил у неё дворецким и ещё приплачивал за одну улыбку в день. Вот за такую. Катя снова вздохнула и всё-всё рассказала.

Когда-то они были вместе. Иванов человек хороший. Но страдает необычным расстройством психики. Ему кажется, всякая женщина в двадцать пять лет становится старой калошей. Всё, что старше, его бесит. Зато первокурсницы и старшеклассницы действуют как жёлуди на свинку. Себя забывает. Страдает, винится и не может справиться. Катя первая, кстати, из жён продержалась до двадцати семи. Есть теперь чем гордиться.

Иванов очень богат. Квартиры, дома там-сям. После развода ей не хватало воздуха в Москве, она приехала сюда. В Прибалтике осень, атмосферная вода перемешана с земной, серо всё и сыро. Слёзы тянутся к дождям, в таком антураже легко плачется. Катя гуляла по Юрмале, истоптала Ригу и однажды, непонятно как, пришла на Каменный мост. Погода была обычной дрянью, пешеходы прятались в кафешках. В центре моста стоял юноша. Богемно тощий, весь какой-то ломкий. Он смотрел вниз, где вместо воды лишь коричневая тьма. На Катю не взглянул. Она тоже была погружена в себя, но обратила внимание, как этот мужчина совсем уж не обернулся ей вслед. Прошла и поняла — это прыгун! Обернулась вовремя. Незнакомец уже закинул ногу на перила. Точно не гимнаст. Так неловко путаться в перилах могут только интеллигентные неврастеники, любимый Катин тип. Она подлетела, схватила человека за куртку, втащила назад, в жизнь. Было видно, он сердит, но не знает, как это выразить. Ему бы хватило сил вырваться, но было очень неловко. Пафос перфоманса был разрушен, а без него никак. Одно дело, попрощаться с миром, закрыть глаза, закинуть голову и разжать холодные ладони. Совсем другое, бухнуть комом после нелепой борьбы с чужой истеричкой. Такое событие раз в жизни случается. Никому не хочется уходить с суетой и визгом.

— Да отстаньте вы наконец! — сказал он, сбросив её руки. Помолчал. Катя не уходила. Оба они не знали, что положено делать дальше. После того как один дурак спас другого. Он заговорил с обворожительной мрачной иронией.

— Меня зовут Генрих, и я вас ненавижу. Но, по социальному протоколу, должен предложить кофе. Идёмте.

И взял Катю за руку, и повёл на берег. Денег у него не было, Катя купила кофе и ватрушки.

— Я нисколько вам не благодарен, но готов объясниться, — сказал Генрих.

Оказалось, он пропащий, больной человек. Физически здоров, но в голове ужас. Зашёл как-то раз в казино и не вышел. Душа и разум его теперь прикованы к зелёному столу. Бездушное, слепое тело выбирается иногда, чтобы раздобыть денег. И сразу назад. Раньше он был фотографом. Снимал для журналов. Сам Пако Рабан хвалил некоторые его портфолио. В смысле, которые он снимал. Но теперь всё. Этот идиотизм надо прекратить. И способ выбран. Приятно было познакомиться.

Генрих допил кофе, легко поклонился и пошёл к выходу. Катя упрямо пошла следом. У него были длинные пальцы и вьющиеся волосы, но дело не в них. И не в том, что женщины любят нервных мерзавцев. Просто добрые дела надо доводить до конца. «Раз уж начала спасать, нельзя сдаваться», — подумала она.

Догнала его, спросила, куда он идёт. Генрих ответил, что домой, спать.

— Обещаю, завтра устроюсь на работу, преображусь внутренне, а внешне — заведу собаку. Прощайте, милая Катя.

Он свернул за угол, Катя шла следом. Она уже бывала замужем и не доверяла мужским вракам.

И точно, Генрих возвращался к реке. Она боялась не успеть, почти догнала его. Он спросил, стоит ли ему бежать или она сама отстанет. Она сказала, ну хорошо. Прыгайте. Кому вы нужны, бегать тут за вами. Но если он смог бы отложить суицид на завтра, она была бы признательна. Если нет, то дело хозяйское. Она обещает не мешать. Просто постоит, посмотрит в сторонке. Зрелище-то редкое. Тут свободная страна, Катя вольна гулять где хочет. А он может прыгать, если уж так распланировал этот день. Но лучше бы, конечно, завтра.

— А сегодня что?

— А сегодня я бы с вами прошлась. Одной скучно. И вы бы меня обманули. Вам же не сложно притвориться, будто всё хорошо. Только так, чтобы я поверила.

Он хмыкнул и взял её под руку. Они ходили, потом приехали в дом со странным адресом «КВ-7-Н», из которого я так отважно выбросил одежду. Разожгли огонь, болтали о пустяках. Перед рассветом она повернулась. Случайно... Глаза их оказались близко. Утром проснулись переплетённые, завёрнутые в один плед и совершенно довольные жизнью. К полудню туман безмятежности развеялся, в его зрачках снова чернел мост.

— Всегда есть выход! Нельзя сдаваться! — Катя говорила совсем как мама в тот день, когда театральный институт решил обойтись без Кати. Она тогда ревела, а мама очень бестолково подбадривала. Теперь сама Катя была бессильна против этого сумасброда. Генрих, напротив, выглядел спокойным.

— Я проиграл чужие деньги. Я должен это сделать. Ради близких. Никто не должен страдать. До того света всего шаг. Точнее, до той тьмы. Но я рад, что встретил тебя в конце своей бестолковой жизни. Ты будто знак, что там, за гранью, может быть прощение.

И тогда глупая Катя предложила денег. Он отказался шесть раз подряд и потом ещё час порывался уйти и сам собой гордился. И чем дольше отпирался, тем настойчивей Катя занималась спасением. Он смеялся, называл её «мой прекрасный, наивный ангел». И, конечно, Катя победила.

Начались невероятные дни и фантастические ночи. Они забывали есть, путали дни недели. Саша Иванов хороший, но скучный. Его любовь к выпускницам оттуда же, от отсутствия фантазии. А Генрих — это утончённость, чувственность, спонтанность. Катя тонула в нём, кружилась, не помнила себя. Через неделю она продала свою московскую квартиру. Денег хватило на оплату долгов и ещё осталось на трёшку в Риге, на эвфемизм шалаша. Это ли не счастье.

Прагматичный, лишённый фантазии Александр Иванов отсоветовал покупать жильё, разрешил остаться в Юрмальском доме. Он говорил, игрокам веры нет. Генрих обязательно сорвётся. Напомнил, что мужчины способны не изменять женщине с другой женщиной, но никогда не изменят себе. Хоть и обещают прям переродиться, только укажите в какую сторону. Катя была молода и самонадеянна, она верила только себе и Генриху.

А он понимал её с полувздоха. Он снова фотографировал и подписал контракт с каким-то французским журналом. И вроде бы у него в Норвегии бабушка, очень добрая. Зовёт приехать и остаться.

В день передачи денег Катя думала лишь об ужине. Вино выбрала легко — Мозельское, Шпатлезе. Немцы считают его сухим, на самом же деле оно очень лёгкое. А вот обойтись ли бараниной с чесноком или замахнуться на утку в меду и томатах — настоящая дилемма. Ещё подумала, нужно навестить норвежскую бабушку. Если понравится климат, можно и переехать. Генрих будет фотографировать. Катя сможет преподавать йогу местным домохозяйкам. К тому же она рисует декоративные картины, продаёт через знакомых блогеров. Никто не верит, но на это можно жить.

Так вот, Катя приготовила ужин. Генриху не звонила, чтобы не обижать подозрениями. День прошёл, Генрих задерживался. К полуночи у Кати стали дрожать руки. Хотела выпить чаю, выронила чашку. Всё-таки позвонила, — трубку он не снял. В том, что ты круглая дура, трудно признаться. Вызвала такси. Ехала в Ригу, придумывала оправдания. Вдруг ограбили его или в аварию попал. Не могла поверить, что вся эта Юрмала, медовый месяц, красавец на мосту — всё обман. Катя сама себе, своим идеализмом, сплела и верёвку, и петлю.

В три часа ночи в квартале, где всё переливается, блестит и много пьяных голосов, она его нашла. В казино, за столом. Вцепилась в спину — её оттащили. Он обернулся — с чужим, недобрым лицом. Взлохмаченный, смотрел мёртвыми глазами, с трудом узнал. Назвал её дрянью и дурой, оттолкнул. Тут уже она сорвалась. Кинулась в лицо, царапалась, визжала. Охранники вынесли нервных посетителей на улицу. Там Генрих Катю обматерил и сбежал. И всё.

Она позвонила Саше Иванову, но сказать ничего не могла, ревела. Иванов приехал. Тут очень кстати оказалось, что нет у него воображения. Он всегда спокоен как холодильник. Сказал, плевать на деньги, главное, что все здоровы. Этот странный силлогизм успокоил Катю. К тому же если Иванов берётся сопереживать, то делает это с размахом. Двадцать тысяч вёрст и океанский прибой — вот лучший клей для разбитого сердца, сказал он. И пообещал купить домик в Калифорнии. И правда купил.

Отличное средство кстати, прекрасно лечит расстроенные нервы. За неделю Катя сократила рыдания до трёх часов в день. Собрала вещи. Чтобы ничто не напоминало о прошлом, она решила ничего не брать. Три шкафа — такой неудобный объём: оставлять жалко, взять невозможно. К тому же там сплошные ансамбли. К джинсам блузки и сапоги, платье летнее у неё было, с ним сандалии, шляпа...

Следующие пять минут её рассказа я привести не смогу, потому что плохо понял. Так вот, белоснежный боинг собирался унести Катю в своих алюминиевых объятиях. Из мира переменчивых мужчин она улетала к океану, который никогда не обнимет, но и не обманет. Он каждую минуту разный и постоянен в своей переменчивости. Когда до побега осталась ночь, Катя не выдержала ещё раз, позвонила Генриху. Просто спросить, как дела, и попрощаться. Почти муж всё-таки. Она чувствовала, что выдержит разговор. В ней всё уже перегорело, даже гордость. И пусть он знает, он для неё — пустое место.

Генрих поднял трубку и заговорил быстро, не давая вставить ни слова. Снова называл её ангелом. Говорил, что сам собирался звонить. Невероятным образом в ту ночь он отыгрался. Он знал, что отыграется, и поклялся завязать, если деньги вернутся. И загаданное сбылось. Конечно, ей всё это безразлично, он понимает. На прощение не надеется, но хотел бы увидеть её в последний раз и вернуть всю сумму. И просто взять её за руку, если можно.

Катя молчала в ответ. То есть, как молчала. Её пробило сразу после слова «привет». Он всё говорил, говорил, потом спросил, почему она не отвечает. И можно ли приехать. Она сказала «угу».

Он добирался час, она взяла себя в руки. Даже улыбалась. Встретились как чужие, говорили о пустяках. Сидели там же, у камина. Чаепитие не предвещало ничего выдающегося. И вдруг раз — они уже голые. До сих пор не понятно, как это вышло. Он уснул, она ревела. А поутру улетела в Америку. Всё было кончено, но из аэропорта она снова позвонила, сказать что добралась и всё отлично. Потом ещё из Калифорнии позвонила, рассказала в двух словах, как устроилась. Потом позвонила предложить остаться друзьями. Ну и просто голос услышать, как он там. И слушала пять часов. Вскоре выяснилось, что прилететь назад дешевле, чем вот так висеть на телефоне. Взяла и вернулась. Втайне от Саши Иванова. Её бывший до сих пор уверен, что она лечит разбитое сердце Тихим океаном. Он добряк, но лишён фантазии. Он старается её не тревожить, спрашивает в скайпе, как ей тамошний климат. Катя отвечает — замечательно. Для правдоподобности сочинила смешных американских соседей. Саша им уже приветы передаёт. Признаться, что она снова с Генрихом, — невозможно.

Она вернулась в Юрмалу, в этот самый дом. Иванов говорил, что не собирается сдавать в аренду. Хлопот много, выручка не окупит ремонта. Русские курортники — буйные. Что не перебьют, то перемажут. Вот Катя и живёт по секрету. Генрих в Москве, отрабатывает долги. Катиных денег он больше не берёт, хоть она и предлагала. Сама она преподаёт йогу, рисует картины и водит японских туристов. Она знает японский, ничего себе. Добрые небеси кружат бывшего мужа, он весь в делах. А если и приедет, поворчит и успокоится. Он добрый. К тому же Генрих вот-вот рассчитается и тогда — в Норвегию. Или в Америку. В общем, всё хорошо, только вот кое-кто все шмотки выбросил.

Катя вздохнула, посмотрела и улыбнулась. Она больше не сердится. Ей даже смешно, почти. Приехала такая, открыла шкаф, там пусто. И мужчина выходит, трясёт кочергой. Испугалась, конечно. А это просто бывший муж сдал дом собственному издательству. Тут Катя повела рукой в мою сторону, будто показывая невидимым японцам последний, самый странный экспонат музея. Воображаемые туристы смотрели на меня с интересом. Катя опустила руку, экскурсия закончилась.

Конечно, теперь она снимет квартиру. Просто жалко, столько связано... Генрих приезжает на выходные. В общем, вы простите, сказала Катя.

Рыба моего разума бессильно шлёпала хвостом по пляжу. Где-то тут засада, сети и капканы, но мне плевать было на опасности. Заприте сонного эссеиста в клетку с ухоженной кокеткой на целую ночь. К утру он станет податливым, тёплым дураком. Я предложил неслыханную наглость — разделить кров. Впереди лето. Дети под присмотром кота уедут к бабушке. Вернутся в сентябре. Сам я тихий, только стучу на компьютере всякую свою ахинею. По ночам, почти беззвучно. А Катя — тихая, интеллигентная девушка. Это я сразу заметил.

— Вы ведь, Катя, не увлекаетесь шумными танцами?

— Ну что вы, Севастьян. Я инструктор по йоге. У нас всё шёпотом.

Мы улыбались друг другу. Наш мир был полон интеллигентных, культурных людей.

— Господин генерал-майор, у меня к вам заявление! — крикнул я капитану. Он поднял голову. Посмотрел как разбуженный меведь, недовольно.

— Иди сюда, — сказал полисмен и бросил в меня ключ, средневековую железяку размером с молоток. Я увернулся, болванка врезалась в стену.

— Вот безрукий... — сказал он беззлобно.

Открывать клетку сквозь прутья не очень удобно. Катя взялась помогать. У неё смуглые запястья и ловкие детские пальцы. Никакого маникюра. Чего, интересно, не хватало тому дураку, чьей щеки касались эти пальчики? Я без раздумий прыгну в кадушку с холодом, кипятком и молоком, лишь бы поменяться с ним местами. Если сильно повезёт, мы с ней, может быть, подружимся.

У нас будет целое лето. С моим воображением успею развестись и жениться несколько раз. Она даже не узнает. Дочь Маша считает, хорошая дружба может перерасти в симпатию, а потом и в любовь. По крайней мере в кино. Например, друг Гарри Поттера придурок Рон Уизли именно так женился на Гермионе Гренджер.

Замок щёлкнул. Я подошёл к начальнику, перегнулся через стойку.

— Господин маршал, понимаете, такое дело... По правде если — мы любовники. Повздорили. Она меня приревновала. Но теперь всё в порядке. У вас тут замечательный микроклимат. Спасибо вашему дому, мы помирились, теперь хотим домой.

Полицейский сомневался. Было что-то странное в том, что ухоженная Катя ревнует жёваного меня. Пришлось пояснять:

— Я писатель известный. Не здесь, конечно, в России. Если вы согласитесь пройтись со мной до банкомата, я с радостью распечатаю необходимые справки и доказательства..

Капитан запыхтел. Его внутренний полицейский уступал натиску человечности. Служебный долг боролся с желанием помочь влюблённым сердцам. Он растолкал помощника, велел перебраться спать за пульт. Катю оставил в заложницах. На случай, если я бегаю быстрей и спиной отклоняю пули. Расплачиваясь, я шепнул ему, что очень, очень рад знакомству.

В четыре утра такси, дребезжащее как свадебный лимузин, доставило нас на улицу Променадес, КВ-7-Н. Лет десять я не испытывал такого трепета, как на заднем сиденье той машины, случайно коснувшись её бедра. Мир был прозрачен и свеж, хоть и тёмен ввиду раннего времени. Мы пожелали друг другу спокойной ночи. Она поднялась к себе. Я примостился на диванчике в гостиной. Предчувствие великих перемен мешало спать.

— Сева, вы всё-таки отдайте вещи. Куда вы их дели? — сказала Катя утром.

— Катя, я не могу.

— Не кокетничайте.

— Я не кокетничаю. Правда, выбросил одежду.

— Не смешно. Отдайте вещи.

— Говорю же, затолкал в мусорные пакеты и вынес на помойку.

Долгая, мучительная пауза.

— Вы идиот?

— Мне ваш Иванов разрешил. Сказал, можно выбросить. Я звонил ему...

Катя не дослушала. Повернулась и пошла наверх, оставляя дымный шлейф. Кажется, наша дружба ни во что не перерастёт. Судя по тому, как хлопнула дверь, перспективы только что сдохли. Странно, вчера мне казалось, она всё поняла. А сегодня решила, что снилось.

Положение дурацкое. Муж Иванов мог бы доказать мою невиновность. Но я обещал не выдавать Катю. К тому же стоит нажаловаться — она уедет в Калифорнию. А это страшно далеко. Вот теперь она спускается, гремит кастрюлями. А я чужой, приблудившийся пёс, не понимаю, из какой миски лакать. Возвращаться в хрущёвку нелепо. Это же мой дом, оплачен из моего гонорара. И я детям уже рассказал с утра, что в сентябре будем жить в настоящем тереме со своей отдельной ёлкой. Тут, если высунуться по пояс, вдали блестит река. И ещё у меня были планы показать Люсе, какой я теперь не нищеброд. Если она увидит дворец и Катю в нём, выйдет даже лучше, чем мечталось. Может, и хорошо, что Катя пустила здесь корни. Просто потерпи, сказал я себе. И стал терпеть.

Холодильник

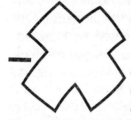

олодильник мой. В нём мало места, — объявила Катя. — Ванная и
спальня второго этажа тоже мои.
Посиделки у камина по очереди.

— Хочу встречно предупредить, что не потерплю
домогательств, — сказал я ироническим тоном. Даже
глухой заметил бы моё миролюбие. Но Катя не ответила. Повернулась и пошла, звонко цокая, с идеально
ровной спиной. Вообще, её словарь невербальных
символов огромен. Она может прострелить взглядом. Или посмотреть недоумённо, как бы спрашивая:
«Вы идиот?» Или обвести взглядом комнату и не заметить в ней живого человека. Она умеет походкой
выстучать слово «негодяй». И в её хлопке дверью
больше смысла, чем в некоторых учебниках психологии.

Ну и ладно. Я тоже вредный. Приволоку не новый холодильник, а какой-нибудь старинный гроб. Поставлю в центре кухни. Прекрасная идея. Всего за час я нашёл чудесное объявление на сайте всякой рухляди: «продаётся рефрежиратор ЗиЛ. В прекрасном состоянии, немножко ржавый, но морозит как сумасшедший. 10 латов». Слово «сумасшедший» гармонировало с Катей и ситуацией в целом. Если повезёт, ЗиЛ окажется выдающимся в смысле ржавчины и уродства. Увидев его, Катя выбросит белый флаг.

Мне даже привезли его и ничего не взяли за доставку. Неопознанный белый фургон влетел во двор, визжа покрышками. Кто не знает, белые фургоны — отдельная раса механических убийц, дизельные берсерки. В Англии социологи решили переписать всё ужасное, что встречается людям на дорогах. В списке оказались коровы, пьяные литовцы, цыганские дети и девушки на розовых пежо. На третьем месте пьедестала встали все «ауди». Их водители заносчивы, превышают скорость и плюют на разметку. На втором месте гопники на ржавых «БМВ». Они ведут себя, как хамы из «ауди», но ещё и дерутся, чуть что. Самым же опасным уродом оказался «неопознанный белый фургон». Ими управляют эксплозивные социопаты, мизантропы, инопланетяне и прочие извращенцы. Из всех угроз человечеству белые фургоны — самая страшная.

Неопознанный бандит в наушниках вышел из-за руля, сбросил холодильник на асфальт, забрал деньги и скрылся. И помочь внести не предложил. ЗиЛ оказался страшным и ржавым — всё, как я хотел. И даже лучше. Неизвестный художник покрыл его наклейками. Гагарин, Дин Рид, стая уток на пруду, автомобиль «Паккард» и вульгарные женщины с пьяными глазами. Такая красота наверняка взбесит Катю. Было бы здорово устроить, чтоб он ещё и писался по ночам.

Попробовал приподнять — чуть не сломался. Его родили в стране дешёвых металлов. Производитель не знал, куда израсходовать медь, совал её в холодильники. Тут, наверное, мотор от электрички. Хорошо, знакомый грузчик научил меня перемещать квадратные предметы. Нужно наклонить объект и раскачивать, ставя с угла на угол. Одновременно следует подталкивать коленом туда, где у прибора мог бы быть зад. Если выполнить всё правильно, холодильник будто бы сам идёт. Способ медленный и опасный. Агрегат норовит упасть и если не убить, то хотя бы придавить человека. Упорство, труд и страшные тяжести — вот удел всех, кто замышляет недоброе против Кать.

За десять минут мы доковыляли до дверей. И тут на нашу улицу свернула машина. Миллионеры гнездятся в тихих местах. Всякое «бентли» слышно за версту. Я подумал, нехорошо будет, если о новом соседе пройдёт молва: он-де пережил нападение холодильника-маньяка. Потому что именно так выглядела наша борьба. Я бы и сам начал шутить про восстание машин и киборга, подрастающего внутри несчастной жертвы рефрежиратора. Машина приближалась. Если не сбежать, реноме испортится навек. Я схватил железяку поперёк живота и крикнул тонко «ох ты, сука»! Пробежал пять метров, ногой открыл дверь и ввалился в холл, прямо к Катиным ногам. Она умеет так скрестить руки, что любая неуклюжесть выглядит вознёй у её ног. Даже если геометрически это не так

— Что, Севастьян, острая нехватка сюжетов? Решили ограбить свалку? — спросила она, обойдя холодильник по кругу.

— Это, Катя, ЗиЛ. Познакомьтесь. Антикварный, железный, прекрасный. Морозит, говорят, как псих.

Выпилен из цельного метеорита, орнаментирован портретами звёзд. Вот Гагарин, например. А это, подозреваю, голландские проститутки. А вот — смешная уточка.

— Какими ещё артефактами вы намерены украсить наш дом?

— Думаю, самовар принести. На дровах. Семиведерный.

— И всё?

Я пожал плечами. Она подошла близко, посмотрела пристально и опустила глаза. И сказала, глядя в пол:

— Сева, последние несколько лет мне не очень удались. И сейчас тоже всё непросто. Вы мужчина, хозяин положения, и в вашей власти сделать мою жизнь хуже. Но я вас прошу, не надо.

Опять посмотрела в глаза, повернулась и ушла. И мне стало стыдно. Странно получается: что ни делай, она несчастный ангел, а я неуклюжий слон и всё время виноват.

Неделю прожили тихо, «привет-пока». Я привозил детей, показывал дом.

— Катя будет нашей мачехой? — спросила Маша мне в ухо, страшным шёпотом.

— Нет, конечно. У Кати жених в Москве. Очень скоро он закончит дела и они вместе уедут в Калифорнию.

— А скоро, это когда?

— Через месяц.

— Жалко, не успеем подружиться. Она красивая. — сказала Маша.

— Я постараюсь её задержать, — зачем-то соврал я. Или не соврал.

На следующий день девочки отправились к бабушке, на другой конец нашей необъятной страны. И к обеду уже добрались. Позвонили, сказали, что кот в порядке, сидит под печкой, боится. На три месяца я стал свободным писателем. У бабушки хорошо, можно всё лето ходить в трусах, спать, есть и не толстеть при этом. Но пасторальные прелести манили меня меньше, чем сколопендра, живущая тут, в моём почти доме, в спальне на втором этаже. Пока она здесь, я не хотел терять ни дня.

Гуляка

В пятницу перед крыльцом нарисовался «ниссан» с московскими номерами. Генрих приехал. Машина у него непонятная, с противной рожей. Хипстер. Загородил проезд. В доме теплей обычного, запах дров и печёных яблок. У камина Катя и Он. Сидят на полу, глаза соловые, щёки красные. Не иначе, целовались. Издалека видно, Катя на том мосту исключительного мерзавца встретила. Генрих встал, представился, пожал руку. Пальцы у него вялые, холодные. Не мужик. И точно не сантехник. Смотрит внимательно. Как же, фотограф. Изломанные позы, театральные жесты, высокий голос, частые вздохи. Ещё длинные волосы и тонкие очки. Мерзкий тип. И паркуется, как баба. Я сослался на усталость и пошёл к себе. И до утра не мог заснуть, слушал шорохи и стуки, воображал прелюбодеяние за стеной, чувствовал себя идиотом. Вот зачем я предложил ей остаться?

Следующий вечер прошёл под флагом лицемерия. Сидели втроём, молчали. Я рассказал анекдот про монаха, который в страстную пятницу бегает вокруг монастыря, грызёт колбасу и приговаривает: «Путешествующим — можно!»

Катя хихикнула. Окрылённый, я рассказал историю подлинней, о том, как летал в Москву. Мне нужно было сдавать сценарий фильма. Я люблю ездить поездом, потому что электровоз весит шестьдесят тонн. Если такая новость вас не будоражит — вы не мужчина. Во-вторых, принцессами моего детства всегда были проводницы. Особенно из поезда Рига — Адлер. Мне было девять лет, а потом двенадцать, это горячий возраст. Я влюблялся со скоростью три проводницы в час. Путешествия на юг так и остались для меня символом чистой любви. В душе моей навек останутся колготки в сетку, модные не помню уж когда. В мечтах я успевал жениться на всей бригаде, а с некоторыми проводницами даже развестись из-за их дурного характера.

Стюардессы небесные были ещё прекрасней, но встречались очень редко. На самолёт билетов было не достать, потому что все хотели увидеть настоящих стюардесс. Может, поэтому я до сих пор при них немею. Мне тогда казалось, единственный способ познакомиться — это погибнуть на их груди, прикрывая от пуль арабских террористов. Я даже репетировал прощальную улыбку. За всё детство мы летали два раза, никто нас так и не захватил. Мы с мамой просто ели курицу весь полёт, как лишённые чувств обыватели.

Теперь ни в проводницы, ни в стюардессы не приглашают королев красоты. Пассажиров обслуживают какие-то злые мачехи с лицом и характером бульдозера. Зато и путешествия не ранят больше в самое сердце.

Так вот, летел я из Москвы. Стюардесс было две, девочка и мальчик. Девочка молодая, немножко корявая и по уши влюблённая в него. Оба румяные, лохматые. Будто каждые полчаса бегают наслаждаться совместной работой в служебный туалет. Он дразнит её, флиртует с пассажирками. Поднимает чемодан худенькой девицы, говорит:

— Тяжёлый. Вы там что, мужа перевозите?

Хозяйка отвечает:

— Это ещё не тяжёлый.

— Ага! У вас два мужа! Тяжёлый и вот этот!

Если пассажирка совсем симпатичная, влюблённая стюардесса первая хватает багаж. Ей плевать, сколько весит, только бы её дружочек не втрескался тут во всякое. Она бы хотела приковать его чем-нибудь нежным к кофейному аппарату. Зрители видят их страсть, и настроение у всех прекрасное. Аэрофобы поправляют памперсы и улыбаются друг другу.

Тележку с закуской влюблённые катят вдвоём. Приближается неловкий момент отказа от еды. Мне неловко есть, когда с двух сторон подпирают незнакомые сонные люди. Я не очень аккуратен за столом. Лучше дома поем. Но сказать об этом невозможно, я делаю всё, чтоб они догадались. Разглядываю пуговицы на свитере, смотрю на часы и в окно. К тому же мой желудок несётся в алюминиевой бочке в десяти километрах над городом Жижица и яснее чувствует пустоту внизу, чем внутри. В Жижице озеро и музей композитора Мусоргского, погибшего от пьянства и непонимания. На скорости 270 метров в секунду мы с желудком думаем только о Мусоргском. Но стюардесса пристаёт, пропагандирует какую-то низкокалорийную дрянь. С женщиной в такой форменной юбочке спорить невозможно. Ткнул в меню, попал в паннини с курицей и сыром. Десять евро. Юноша клянётся погреть и принести очень быстро. Девушка взглядом подтверждает, какой он надёжный. Она на себе проверила, только что, за занавеской.

Они приняли заказ — и мгновенно меня забыли. Опять побежали в туалет целоваться. Всё, как я хотел. И вот все уже поужинали, читают газеты или спят. Лишь я взволнованно смотрю вдаль, не идёт ли моё счастье. Спрашивать, как там моя еда, очень неловко. Я же не истеричка. Дома и на работе меня знают как выдержанного и готового к компромиссам человека. В общем, я жду, они не несут.

Чтобы отвлечься, стал сочинять эссе. В нём ни слова о калориях, а только про любовь и тёплые отношения. Мама подарила мне халат. Чистая шерсть. Проверить, насколько он тёплый, невозможно. Халат генерирует, в основном, электричество. Когда я в нём, между мной и чем угодно скачут красивые голубые молнии. Особенно обострились наши отношения с холодильником. Протянешь руку — трах! — и аппетит проходит. Из всех диет электрошоковая самая злая.

Я стал носить в кармане ножницы, как маньяк. Если ткнуть ими ночью холодильнику в бок, разряд трещит, а на мне только волосы вздымаются — и опадают. Застав кого-нибудь на кухне ночью с ножницами и волосами дыбом, я бы сам избавился от любого порока, включая ночное обжорство. В ожидании своего паннини я жалел, что не могу генерировать разряды силой воли. Мне бы хотелось там кого-нибудь шарахнуть.

Тут просыпается дядя лётчик. Говорит, за окном страшный мороз, погода дрянь, летайте нашей авиакомпанией, где за небольшие деньги можно купить еды и не поесть. Всем счастья, сядьте ровно, иначе на столе у патологоанатома будете выглядеть непрезентабельно.

Только подумал: «Ну и ладно, подавитесь», — прибегает взъерошенный стюард. Нашёл в микроволновке чью-то еду. Интересуется у переднего соседа, не заказывал ли он. Потом у заднего. А меня будто нет. Словно я пустое место, сытое на вид. Оба соседа струсили жрать чужое. Я тоже молчу. Вдруг он потребует доказательств, что тогда?

Ничего не вызнав, стюард тащит стюардессу. Щиплет за зад, дескать, вспоминай чей пирожок. Она тычет в меня пальцем и краснеет. Неотвратимый как топор, юноша приносит заказ. В салоне гаснет свет, аэроплан пикирует. Пассажиры начинают думать о хорошем. Я говорю спасибо, уже не надо. Мне у вас всё понравилось, но сейчас я бы хотел пристегнуться, прочесть «отче наш» и никогда впредь не доверять мужчинам, переодетым в стюардессу. А он отвечает:

— Я разрешаю не пристёгиваться! Вы должны поесть. Никто вас не осудит, не посмотрит косо. Ешьте в любой удобной позе. У нас полно времени, приятного аппетита.

Чтобы не выглядеть капризным, я разворачиваю целлофан и жру. В темноте. Один, с хрустом и чавканьем. Все сидят с возвышенными лицами. Самолёт падает. И только мне разрешено предстать на опознании однородной массой из пассажира, курицы и сыра. Впервые меня раздражали такие качества еды, как горячо и много.

Конечно, я успел. У нас в полку ефрейтор Заливанский глотал нераспечатанную банку сгущёнки и отрыгивал пустой. Кое-чему я у него научился.

Катя слушала, Генрих показывал ей глазами на выход. Но она упрямо сидела. Кошка между ними пробежала какая-то. Вот уж характер, упаси боже на такой жениться.

В понедельник он собрался назад. Пришлось идти, прощаться. Странная сложилась диспозиция. Он садится в машину, снова выходит, мнётся. То обнимет Катю, то поцелует. Пока они тетёшатся, похожи на

супругов. Но стоит ему сесть за руль, мы с ней оказы-
ваемся на крыльце вдвоём, и как-то ему не спокойно.
Я решил проявить сочувствие. Взмахнул рукой на
прощание, вернулся в дом. Подглядывал из-за зана-
вески — больше они не целовались. Просто прекрасно.

Катя клёвая

В её красивом холодильнике вегетарианский рай. Всё разноцветное, с листиками, веточками, завтрак молодой козы. Она крошит флору в стеклянную миску, поливает из бутылочек вязкими соусами и ест.

То ли дело мы с холодильником ЗиЛ. Наш ассортимент — сама брутальность. Вкусно, просто, нажористо. Я закупаю лучшее, что создано целлюлозными комбинатами для холостяков. Сосиски, пельмени, замороженные пиццы, котлеты с высоким содержанием фарша. На упаковке написано, в рыбных палочках процент окуня достигает тридцати пяти. Остальное, конечно, живые витамины. Ну и майонез, душа русской кулинарии.

По утрам мы обмениваемся любезностями.

— Судя по вашей тарелке, Катя, лето выдалось дождливым. Покосы не удались. На въезде в посёлок, я заметил, растут бурьян, лебеда и белладонна. Не думали разнообразить рацион?

— Спасибо, у меня строгая рецептура. А вам бы хорошо пельмени посыпать какой-нибудь оплёткой от проводов. Там бывают прикольные расцветки. Потому что теперешний их цвет может перейти на лицо. И все подумают, будто вы питаетесь жёваной газетой.

— Ну что вы, Катя, провода в пельмени.... Я их жру целиком. А вам, хотите, принесу берёзовой коры? Местные зайцы утверждают, это объедение.

— Премного благодарна.

— И вам спасибо.

— На здоровье.

— Приходите ещё.

Она мыла посуду в машине. Я — руками. Идиллия, в общем.

После завтрака она ходит по полям, лесам и пляжам. Она сама отчасти растение, ей для цветения нужны воздух и солнце. Возвращается, расстилает коврик и ну вязать из ручек-ножек нелепые узлы. Я в детстве читал «Камасутру», в ней и половины нет та-

кой красоты, как у Кати в дни йоги. Разве что советская художественная гимнастика могла бы с ней кон-
курировать. В общем, иногда я спускался очень тихо
и наблюдал. Она говорила:

— Подглядывать нехорошо! Садитесь и смотрите.

Я садился и смотрел. Мы оба знали, что она прекрасна.

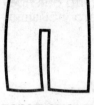

Месть

озвонила Люся:

— Можно поздравить с покупкой?

— Конечно. Если скажешь с какой, порадуемся вместе.

— Не прикидывайся. Дети рассказали.

— А, ну хорошо. Спасибо. И, главное, всего десять латов. А морозит как сумасшедший.

— Как же бесит твоя манера придуриваться! Свиридов, ты купил дом. Чтобы разрешить детям в нём жить, я должна его осмотреть! Надеюсь, это не сарай какой-нибудь. Как бы то ни было, я должна знать, где будут ночевать мои цыплятки.

— Цыплятки ночуют на жёрдочке. У каждой отдельная спальня. И ничего я не купил. Арендовал...

— Не важно. Пожалуйста, найди для меня время.

Жизнь хорошеет с каждым днём. Дети трезвонят, что я разбогател и скупаю дома с башнями. Лет десять после общения с Люсей не бывало у меня такого прекрасного настроения.

Я предупредил Катю, что она нагрянет. Катя обещала спрятаться.

— Конечно-конечно, вы меня даже не заметите. Воркуйте сколько влезет. Я знаю, как это у бывших. На люстре, на рояле, под роялем...

— Тут нет рояля!

— Вам купить рояль?

— Спасибо. Она только посмотрит. И всё.

— Понимаю-понимаю. Считайте, я уже растворилась вдали. В Дали. Художник такой. Шучу. Клянусь, я вам не помешаю.

Люся вышла из машины, посмотрела строго.

— Что ж. Вижу, ты взялся за ум. Даже странно. При мне почему-то тебе нравилось сидеть в «...»

Тут Люся употребила выражение, которое я не могу привести. Первую мою книгу Маша носила учительнице по литературе. А там на 273-й странице такое, что до сих пор неудобно перед русской филологией. Тогда же я дал обещание никогда больше не выражаться в печатном виде. Поэтому:

— «...», — сказала Люся и твёрдой походкой прошла внутрь.

Мы вошли в гостиную и несколько оторопели, оба. В кресле, забросив прекрасные ноги на белый подлокотник, полулежала Катя. Улыбалась наивно, хлопала ресницами. Её трусы и майка смотрелись очень по-домашнему. Для меня она никогда так красиво не наряжалась. А для Люси — пожалуйста.

Не было надежды, что Катя чего-то напутала. Чтобы поддразнить Люсю, хватило бы пробежки по кухне в чём-нибудь незастёгнутом. Но у Кати свои представления о перфомансах. Она всё-таки художник.

— Севочка, что ж ты не предупредил! Какие гости! — сказала она. Театральный институт не прошёл даром. Восторг совсем как настоящий. Она поднялась, движением опытной кухарки вытерла руку о трусы, пошла здороваться.

— Вот, Люда, это Катя, бывшая хозяйка дома.

Я особо подчеркнул слово «бывшая».

— Да-да-да! Бывшая одинокая, теперь счастливая. Потому что у дома появился хозяин. Теперь мы с Севой вместе. Он такой ответственный. Всё тут делает. Удивительный просто. Повелитель молотка и газонокосилки...

— А это Людмила, моя тоже бывшая... В другом смысле... — сказал я.

— Очень, очень рада! — подхватила игру Люся. — Мне Сева столько о вас рассказывал... У нас, знаете ли, никаких секретов...

Катя покачала головой:

— Мне ли не знать! Мне ли не знать! Проходите, Людмила, присаживайтесь. Я так рада нашему знакомству. Не чужие люди всё-таки. Ты купил торт, любимый? Вот растяпа... Вы с ним намучились, наверное!

— И не передать! Врагу не пожелаешь всего, что он мне подарил за пятнадцать лет... И давно он тут... повелевает газонокосилкой?

Вряд ли Катя понимала, куда скачет. Просто веселилась. Несыгранные Дездемоны рвались на простор. В её голосе вдруг скрипнули слёзы.

— Так вы ничего не знаете? Севастьян, как ты мог! Мы же договорились! Скрывая наши отношения, ты меня обижаешь!

— Катя, какие отношения!

— Вот! Опять за своё! Почему он меня стесняется, Людмила?

Катя вышла в центр комнаты и выполнила некое па. Я бы отрезал себе ногу, только бы сделать спектакль правдой. Именно такие трусы делают любой женский характер прекрасным. Катя прервала этюд, всхлипнула и пошла наверх, в спальню. Удивительно. Хотя бы раз в сутки она делает меня виноватым. Хотя бы понарошку. Наверху хлопнула дверь. Люся отхлебнула из чашки.

— Отличный чай, — сказала она. — И девушка хорошая. Только нервная. Ну да, разберётесь. Не провожай.

Люся тоже хлопнула дверью. Не сказала ни слова, не взмахнула на прощанье. Не то чтобы я хотел мириться, но и ссориться вот так не планировал. Сейчас мы все обижены, но потом мало ли как обернётся. Я поднялся к Кате. Она каталась по кровати, едва дыша от смеха.

— Ох, Сева, какая же у вас глупая рожа! Вы бы видели!

— Что это за спектакль? — спросил я самым страшным своим голосом. Она пуще залилась. — И чего вы ржёте? Я мог помириться! Гипотетически. А теперь что?

— Где ваше огромное спасибо? Благодаря мне Людмила узнала, что вы не пропащий. Вами интересуются женщины. Даже такая, как я, может вами увлечься. Гипотетически.

— Это правда? Насколько гипотетически?

— Нет, конечно. Вы чурбан и увалень. А признайте, я красивей вашей Люси?

Она встала и сделала «ласточку», как в тертьем классе, только намного изящней. Что мог я ответить? Похлопал ушами и вышел. На всякий случай хлопнул дверью. Сегодня у нас правило: кто последний хлопнул, тот и прав.

Июнь. Почти Эдем

Её утренняя грация сильно превалирует над координацией. Она роняет еду, проливает кофе. Не в силах проснуться, она путается в одежде, ходит лохматая и пересказывает сны. Её воображение чего только не напридумает за ночь. Мы толкуем сновидения вместе. Например, вчера снились пьяные котята в стеклянном ящике. Кошки во снах — к сплетням. Но эти были нетрезвыми и отделены от Кати, что значит: пройдут мимо, не испортив настроения.

Кате нравятся мои интерпретации. Она почти ангел по утрам. Главный её недостаток — бывший муж. Он бесчувственный богач. Приучил Катю к дорогим подаркам. Специально разбаловал, чтобы все последующие мужчины сходили с ума на Новый год, день

Валентина, Восьмое марта, день рождения и ещё сто раз в сезон просто так.

Один мой знакомый пытался сэкономить на Международном женском дне, перевязав мудя атласным бантом. И ночевал потом в отдельной кровати до самой осени. Эти полгода показались ему очень долгими. На его примере видно: женщины в дни подарков считают иронию неуместной и лучше с ними не шутить.

Как-то раз, будучи очень серьёзен, я купил Люсе тюбик крема за тысячу долларов. Мне казалось, крем склеит наши чувства. Вам, может, и ничего, а для меня это были огромные деньжищи. Можно было бы купить компьютер, тоже неплохой подарок. Но именно у крема соотношение цены и никчёмности показалось идеальным. В его составе рыбьи песни, смех ехидны, кошкины шаги и наш любимый бензоат натрия. И ещё, крем можно мазать на себя, а компьютер — нет. Для женщин это важно.

Он пах, как персиковый пудинг и, возможно, был им. Поскольку никто не мажет на себя пудинги, то и результаты сравнить невозможно. А эффект был удивительный. Обмазанная Люся почувствовала прилив сил и за один день записалась на английский, в школу астрологии и к зубному. А если бы намазалась вся, то с криком «невидима... невидима...!» полетела бы на швабре громить квартиры работников конкурирующей радиостанции.

Я спросил у Кати, что ей дарили. И насколько подарок улучшает отношения. Она говорит, не в подарках дело. Сам мужчина должен быть интересен. Например, вчера ей снились тараканы. Если б я не сумел увлекательно интерпретировать этот знак, мне никакой крем бы не помог. В доказательство рассказала женский вариант саги про независимость мужского обаяния от подарков.

Её подруга Таня жила бедно, но с интересным мужчиной. Как-то утром она заметила в холодильнике шпроты. И целый день о них мечтала. На работе, в автобусе, в лифте — всё думала о них. Денег на обед почему-то не было. Её родной муж только собирался богатеть.

И вот прибегает Таня поздно, замёрзла. А шпрот уже нет, муж их съел, запил пивом и спит. Без штанов, но в свитере, поверх покрывала. Таня поняла в тот миг, что как человек он совсем неинтересен. Через год она вышла за гражданина Швейцарии, который готовил три блюда в день, не считая десертов. А Тане запрещал даже поварёшки мыть. За окном швейцарского мужа вздымались Альпы. И, конечно, он ей много чего подарил. Но Тане было с ним скучно, она вернулась на Родину. С одной стороны — дура, а с другой — с нелюбимым мужем везде мука, даже в Швейцарии.

Дальше какой-то компот, Катя плохая рассказчица. Скучный швейцарец примчался следом, но Таня уже встретила третьего мужа. Швейцарец подарил Тане ресторан и уехал. Совсем отчаялся или сбрендил. Потом третий муж сказал, что не может жить с женщиной, которая богаче его на целый ресторан. И тоже уехал. Теперь Таня одна. Ни подарков, ни мужиков, ждёт любви.

Что из всего этого следует, я не понял. В женских историях интересна не фабула, а то, как увлечённая рассказчица роняет посуду, проливает кофе и забывает пояснить, кто такой Эмилио. Зато Кате нравится моё объяснение сна с тараканами. Завтра, надеюсь, ей приснится ещё какая-нибудь белиберда.

Месяц прошёл. Никто никуда не уехал, конечно. Более того, Катя купила старенький «фольксваген». В нашей гостиной открылся массажный салон. Выйдешь из кабинета, а навстречу холёная какая-нибудь гетера. Отмытая до скрипа, завёрнутая в полотенце. Некоторые пациентки врывались в мой кабинет, притворялись заплутавшими красными шапочками. Всем интересно посмотреть на живого писателя, лысого, в халате. Было слышно, они хихикали потом внизу. Катя сама их науськивала. Веселилась. Когда не было массажей, приходили подружки-йогини. Эти, наоборот, плыли мимо, равнодушные ко всему бренному. Расстилали коврики, поджигали палочки-вонючки, заводили индусскую музыку, от которой сводило скулы. В такие дни мои тексты обогащались терминами «Брахмапутра», «Курукшетра» и «Махабхарата». Беруши не помогали. Пришлось купить специальные наушники, какие выдают работникам взлётных полос.

Я далеко шагнул по пути здоровой кулинарии. По утрам готовил омлет, кричал:

— Катя! Завтракать!

Она спускалась, посыпала мою стряпню экзотическим душистым сеном. Мы делили на двоих мой омлет насущный. Вечером она сама кричала:

— Севастьян, гулять!

Катя любит ходить. Может неосторожно дойти до Парижа и обратно, потому что задумалась. Недавно купила пять пар кроссовок, все ужасно красивые. Зашла в обувной магазин и потратила бюджет Зимбабве. Случайно. Говорит, взгрустнулось чего-то. Новые туфли — лучший антидепрессант.

Я не знал всех значений слова «гулять» и вызвался в попутчики. Я был опрометчив. Мы пошли по пляжу, потом по шоссе, потом по лесу. Первые пять километров даже нравилось. Юрмала отличный город для коней, антилоп и других кочевых животных. В пути говорили о загадках природы. Например, булочки. Непонятно, как 25 гр. теста, съеденных на закате, становятся утром килограммом жира. Астрофизики отворачиваются от этой гравитационной аномалии. Меж тем сдоба орудует у нас под носом и куда опасней чёрных дыр. Чтобы обнулить одно пирожное, нужно гулять три дня. Причём масса снижается за счёт износа ступней в основном.

Катя верит в победу ходьбы над выпечкой. К тому же всех, кто не гуляет, однажды сразит почечуй. Кто не знает, это даже не болезнь. Это эссенция боли и унижения.

Я знаю, о чём она. Один мой друг, театральный режиссёр Петров, однажды перестал гулять. Была зима, холодно, и снегу навалило. Такие катаклизмы лучше дома пережидать, в кресле. У Петрова как раз был абажур, плед и стопка непрочитанных романов.

К апрелю режиссёр вырос духовно, завёл себе третий подбородок и ещё почечуй.

Сырая картошка инвазивно, холодные ванночки, аутотренинг и другие народные средства результатов не дали. Расставляя ноги несколько по-пингвиньи, Петров побрёл в больничку. Регистраторша издалека поняла, отчего он такой грустный и кривой. Ей овладело чувство юмора.

— Вы к какому специалисту? — спросила она звонко. Петров постарался губами и языком пролезть к ней в окошко, чтобы очередь не слышала тайны.

— К проктологу.

— К кому-кому?

— К проктологу, — повторил Петров и послал луч понимания.

— Говорите громче!

Тут режиссёр не выдержал и в таких деталях описал проблему, что старушка за ним расплакалась. Ему назвали номер кабинета и перекрестили в спину.

В идеале Петров хотел бы встретить ироничного доктора с чеховской бородкой. Такому можно доверить многие тайны. Но попал он к девице, молодой и нервной. Вряд ли девушка сама мечтала о такой специальности. Скорее уж была двоечницей и теперь изучает чёрные дыры, как Стивен Хокинг. Она спросила: «На что жалуемся?» В первом лице, будто они с Петровым семья. Режиссёр удивился её недогадливости. Он прилежно описал симптомы, отдельно отметив, что иногда рыдает, запершись в ванной. Настолько яркие ощущения.

— Ну-с, покажите попку, — сказала докторша. Даже мама и жена не называют эту сторону Петрова попкой. Начался осмотр, похожий на испытание паяльником. Петров отрёкся от учения Коперника и поклялся гулять до Парижа всякий час, невзирая на погоду. Сейчас он чего-то пьёт, чего-то мажет, ждёт операцию и пишет мне в скайпе убедительные строки. Умоляет ходить без перерывов. Вот мы с Катей и гуляем. По пляжу, по шоссе, по лесу и деревне. Я купил четыре пары сандалий. По Катиной классификации у меня почти депрессия.

А мой знакомый алкоголик, бросая пить, вступил в клуб любителей бега. Он не знал всех значений слова «бегать». Оказалось, это клуб супермарафонцев. У них малая дистанция — восемьдесят километров. А если погода хорошая, они освобождают выходные и бегут двести. Теперь алкоголик не то что не пьёт, но даже уже не ест. Живёт один, работает на обувь. В сравнении с ним я весёлый, босой хохотун.

Разговоры

чень легко, оказывается, дружить с тем, на ком жениться невозможно.

Из-за отсутствия матримониальных планов мы смело говорили о делах сердечных.

— Вам правда хочется, чтобы она вернулась? — спрашивает Катя.

Она — это Люся. Я говорю, что восстанавливать брак не собираюсь. Катя вздыхает будто бы удовлетворённо. Это она радуется за друга, думаю я. Версия ревности мне бы понравилась больше, но такое в природе невозможно. Ей тридцать два, она прекрасна. А я формально литератор, но умом и манерами тот же сантехник. Настоящие писатели куда породистей. Ходят тише, шутят тоньше. Катя говорит:

— По законам аюрведы вы должны благодарить Люсю. Хотя бы мысленно!

— Ещё чего!

— Ну да. Она многому вас научила.

— А вы своему Генриху благодарны?

— Как-то нехорошо вы акцентируете слово «своему».

— Хорошо, просто Генриху... Не потому ли он сидит в Москве, а вы здесь, что оба понимаете: помочь друг другу вы смогли, но жить вместе — это совсем другое?

— Какая странная трактовка.

— Житейский опыт.

— Интересно, почему вы, такой умудрённый, суп себе варите сами?

— А вы вообще питаетесь соломой.

— А вы дурак!

Катя уходит вперёд, я иду следом. Потом она замедляет шаг, я догоняю. Следующий километр гуляем молча.

— Что это за птица? — спрашивает она, глядя в куст.

— Опять зяблик. Брат предыдущего. А может, не брат, а тот самый. Сюда перелетел. Мы зябликов не различаем, а он этим пользуется.

— Следит?

— Люся запросто могла нанять шпиона-зяблика.

— Тогда давайте притворимся, что у нас всё хорошо.

— Но вы же понимаете, что это будет неправда?

— А как же! Придём домой, продолжу вас ненавидеть. А сейчас расскажите что-нибудь.

— Зачем?

— Не спрашивайте. Рассказывайте немедля, иначе я пойду гулять с зябликом.

— Хорошо. Вот я раньше был сантехником.

— А! Я смотрела один фильм. Там был водопроводчик, брюнет, метр девяносто, с кубиками на животе. Энтони Старк настоящий. Женщины специально роняли в канализацию новые мобильные телефоны, только чтоб его заманить и надругаться.

— Катя. Вы наивная жертва кинематографа. Настоящий сантехник жаден, пузат и пахнет природой. У него скрипят колени, глаза навыкате и одышка. Его пальцы похожи на сардельки и шершавы как напильник. Для портрета добавьте сапожищи, курение без пауз и привычку втягивать голову в плечи. В общем, всё не так, кинематограф лжёт.

— А голову втягивает зачем?

— На неё часто падает домашняя утварь.

— То есть, никакой романтики?

— Абсолютно. Можно десятки лет проползать у ног взволнованных хозяек и ни разу не воспользоваться положением. Чуть только потоп или, наоборот, вода пропала, хозяйкам сразу наплевать на наши феромоны. Я семь лет перебирал чужие трубы. Я привык смотреть на мир с высоты некрупной кошки. Мне были известны такие тайны, каких не доверяют мужьям и любовникам. Мне наливали суп, дарили коньяк. Трижды намекали, каким прекрасным я был бы мужем в минуту наводнения. Одна клиентка вышла навстречу в трусах и потребовала скидку. Но ни разу никто не погладил меня по позвоночнику. Никаких срываний комбинезона с загорелых плеч. И разводной ключ не выпадал из моих ослабевших рук от укуса в основание шеи.

— Самые счастливые в этом смысле, наверное, лётчики!

— Вы думаете, они придумали автопилот на случай внезапной страсти в воздухе? Очень правдоподобно.

— А какие ещё есть эротические профессии? Парикмахеры?

— О парикмахерах ничего не знаю. Зато есть у меня знакомый мастер по вскрытию замков. Назовём его Федей. У него были руки-гладиолусы, запах от Масуки Мацусимы, он не гремит и не гадит на ковёр. Настоящий *какангел*. Если женщина посеяла ключ, не может войти, сидит на лестнице одна, замёрзла, Федя непременно её спасёт. Лицо его в момент спасения серьёзно и умно. Я видел, как он вскрыл один невероятный замок. Ключ был очень сложный. Шесть бороздок, полсотни ямочек, все под разными углами. Чума болотная, а не ключ. Так вот Федя приехал, достал айпад. Чего-то почитал на японском. Двумя циркулями отметил точку на двери. Просверлил дырку, под правильным углом, наискосок. Вставил щуп, сверкающий, как шпага д'Артаньяна. Стукнул молотком. В двери кто-то железный потерял сознание, упал с грохотом — и всё. Двадцать латов, можно входить.

Пару раз Федю приглашали воры. Говорят, мы из этой квартиры жильцы. Он впускал бандитов, дверь захлопывал и сообщал знакомому капитану полиции. Потому что незнакомый упёк бы самого Федю. Самые любимые его клиенты, конечно, это женщины, познавшие боль разлуки. Он зовёт их ласково «растеряши». С некоторыми после сотрудничества пьёт чай по сложному графику: вторник — Лена, среда — Аня, каждый третий четверг — Варвара Ильинична.

— Он женат?

— Катя, не перебивайте.

— Молчу-молчу...

— Федя был мечтой кинематографа, совсем как вы описали. Но однажды всё переменилось. Он принял обычную заявку: «Женщина потеряла ключ, не может войти, сидит на лестнице, плачет». Приехал, увидел клиентку и решил взять деньгами. Ей было глубоко *за десять*. С такой самые лучшие отношения — деловые. А женщина оказалась экстрасенсом. Напрягла чакры, раскинула биополе и прочла Федины мысли. Толстый сантехник отделался бы герпесом, но Федя был мил и с кубиками на животе. Они-то его и сгубили.

Федя ехал домой и думал об этой женщине, Ольге. У неё глаза усталые, голос тихий, и вся она растерянная. Грудь неплохая, кстати. И ноги приятной полноты. Когда давала деньги, прикоснулась тёплой рукой, и стало понятно, что не истеричка, характер умеренно-покладистый.

Дома Федя опять её вспомнил. Как она ходила, что сказала. Федя зачем-то представил, как стащил бы с Ольги юбку. И наблюдал бы линию бедра в сумерках. Подумал, что, может быть, и стоило бы остаться, выпить кофе. Предлагала же.

Федя принял душ, выбросил из головы секс, сконцентрировался на форме ложных пазов в замках сувальдного типа. Он умело вскрыл воображаемый замок, вошёл в воображаемую дверь. За ней одиноко ворочалась в постели воображаемая Ольга. Было слышно даже её дыхание.

В полночь не выдержал. Приехал, стоял под окнами час или дольше. Потом побежал тушить гормональный пожар к одной подружке из числа старинных клиенток. Подружку звали Таней, но он назвал её Олей. Был изгнан, в спину летели его ботинки. Наутро выдумал повод, вернулся к Ольге. Ему хотелось понять, что в ней такого. От встречи с ней морок развеется, надеялся Федя. Самообладание вернётся, мозг заработает в прежнем скептическом режиме. Ольга открыла дверь и не удивилась. Ничего даже не спросила. Проходите, сказала.

Так с тех пор и живут. Два года уже. Фёдор забросил подружек, развил в себе потрясающую верность. Только вспомнит Лену-Аню-Варю, сразу звонит экстрасенс Оля: «Феденька, вот о чём ты сейчас подумал?». Очень мощная специалистка. Это я всё к тому говорю, что сам я никакой не гладиолус.

— Терпеть не могу мужчин, выпрашивающих похвалы.

— И в мыслях не было.

— Тогда хватит прибедняться.

— Скажите честно, внешность мужчины важна для женщин?

— Конечно! В лице, в глазах должна быть порода. Бывают такие, что от одного его взгляда дуреешь.

— Но я не из породистых?

— Это точно.

— А что там насчёт вежливости?

— Вежливость — это награда, вы не заслужили.

— А толстый кошелёк добавляет мужчине породы.

— Иногда... Стоп! Вы считаете меня продажной?

— Я считаю, что вы женщина со здравым смыслом. Сейчас это так называется.

— Скажу вам честно, Севастьян. Вы — болван!

— А вы — гусеница!

— В каком смысле? Что за странное оскорбление...

— Ну, гибкая потому что. Йога.

— А, понятно...

Мы ссорились, мирились, ссорились, снова ходили. Соседи всё-таки. Иногда она брала меня под руку. Иногда, наоборот, вредничала так, хоть пиши жалобу нашему бывшему мужу Иванову. Потом всё снова становилось прекрасно. Сердиться на неё дольше трёх минут невозможно.

Рядом с ней я впадал в счастливый ступор. От одного её присутствия. А иногда даже от оставленных ею следов. Недопитый ею чай, плащ в прихожей, сумка в кресле, дым свечной после йоги. Индусы этим дымом, наверное, ретушируют аромат скоропортящихся продуктов. И этот зов, низким, дурашливо-гнусавым голосом:

— Севастьян, идёмте гулять!

Потом вернулся Генрих. Ненужный, лишний, отвратительно цветущий. Его не было месяц. И вдруг — нате. Катя мгновенно забыла наши прогулки, омлет, болтовню — всё пропало. Стало противно спускаться в гостиную. Сидят вместе в одном кресле, целуются. Детский сад. Он привёз ей бусики, боже ж мой. Стекляшки, фенечка. А она скачет по дому как дикарка, сияет. Надо будет рассказать ей историю острова Манхэттен, профуканного индейцами за такую же бижутерию. Особо отмечу, где теперь те индейцы.

Нет противней чужого счастья на руинах своего. Три выходных дня показались казнями египетскими. Генрих с Катей размножились и встречались во всех углах дома. В самых дерзких позах. Хотят целоваться — пусть валят в свою Калифорнию, думал я.

К понедельнику твёрдо решил — Катю нужно выслать. У меня из-за неё острое гормональное отравление. Я так долго не смогу, сгорю. Сейчас трогаю тайком её вещи, смотрю ей вслед, шучу и мечусь, когда она не смеётся. И ревную. А вчера вывел её имя на стекле. Если мы сейчас не расстанемся, потом я сдохну.

Один-единственный звонок мог бы всё исправить. Набрать Иванова, сказать:

— Забери свою мерзавку!.

Но я не звонил. Будто бы из нежелания признать, что целый месяц жил в одном доме с его бывшей — и молчал. Он сразу поймёт, какой я неудачник. Да и просить о помощи — «забери свою бабу» — невозможно. Стыд и позор. Пусть лучше она сама уедет.

Выживать Катю, используя методы коммунальных квартир, тоже плохо. Да и не поднялась бы у меня рука подсыпать ей соли в салат. К тому же мужчина не сможет превратить жизнь в ад так ловко, как женщина. Единственный способ — рассорить Катю с Генрихом, замутив какую-нибудь пакость. Изысканную какую-нибудь мерзость. Такую, чтобы с голубков при встрече искры сыпались.

Если они расстанутся, Катя сразу уедет. Это будет больно, но лучше так, чем та липкая мука, что тянется уже к моему горлу. Ждать нельзя, Катю надо вырвать и забыть. Иначе месяца не пройдёт, как я стану пить из её копытца.

Она уедет к океану, я стану писать, писать, писать. Буду смотреть вечерами на закат, пить приличный алкоголь и горько усмехаться. Женщиной моей отныне будет всемирная литература.

Мозгоправ

дному, конечно, не справиться. Для хорошей подлости нужен знающий специалист. Например, доктор психологии Иннокентий Раппопорт прекрасно подошёл бы. Кеша мой одноклассник. Он презирал школьную программу и во многих предметах разбирался лучше педагогов. Уроков он не делал и потому в вопросах списывания домашних заданий был бесполезен. С контрольных его выгоняли, если хотели определить просвещённость всего класса. И наоборот, сажали в центр, если нужны были результаты для министерства. Он был хром, нескладен и всех любил. Это странно, оптимизм и доброта свойственны крупногабаритным идиотам. А мелкие задохлики, — что люди, что собаки, — обычно злы. Раппопорт же считал одноклассников милыми растяпами, объектом для опеки со стороны высшего разума в его, Иннокентия, лице. Мы ему не перечили. Мы знали, в этой кривой черепушке скрывается нечеловеческий разум.

Как-то вдруг он очаровал первую красавицу школы. Она даже готовилась стать миссис Раппопорт, не замечая ни хромоты его, ни гномьего роста. Но сразу после выпускного бала сбежала с мастером спорта по плаванию. Так Кеша обнаружил, что разум не всесилен. То есть, понятно, что бога постичь не возможно, но это же женщина! Существо, управляемое гормонами и социальными паттернами. Инструкция по управлению этой комбинацией слёз, волос и шёлка может быть написана максимум за год, казалось Раппопорту.

Он взялся за работу. Проанализировал все истории любви со времён Елены Троянской, изучил биографии королей и проституток, составил таблицы и выяснил лишь, что никаких зависимостей нет. Поведением женщины управляет генератор случайных чисел. На её «любит — не любит» влияют ненаучные зодиаки и лепестки ромашки.

Раппопорт не сдался. Поступил на факультет психологии, изучил теории личности, мотивы, специфику мышления и восприятия противника. Овладел трансовыми техниками, влез в головы сокурсницам и нашёл там лишь моток проводов без начала и конца. Никаких причинно-следственных цепей. Оказалось, женщина не сводится к уравнению. Нет в мире закона, который удержал бы весёлую красотку рядом с невзрачным, хромающим умником. То есть, её можно на месяц влюбить, очаровать, обмануть, запутать. Но нельзя привязать навсегда. Разве что цепями к батарее. А это дохлому Раппопорту не подходит. У войны за женскую верность может быть один финал — выпитое сердце и ссохшаяся печень.

Раппопорт взял академический отпуск и три года жил сторожем при храме. Дал обет безбрачия. Синие его глаза потемнели до густо-василькового цвета. Вернулся в институт совсем другим. Никакой никогда восторженности. Прежде болтливый, он почти перестал разговаривать. Всё трогал себя за нос задумчиво и опускал очи долу. Слушает, слушает, потом поднимет глаза, выстрелит синим — и снова в пол глядит. Перенял мимику духовника, видимо. Он принял мир, в котором он и женщины — не пересекающиеся множества.

Тут же в небе провернулось некое колесо. Женщинам стало любопытно, а чегой-то он такой загадочный. Его высокий стёртый голос оказался гипнотическим. Трёхминутная его речь на любую тему валила с ног даже тех, у кого и ушей-то, кажется, не было, сплошные ноги и ресницы. Повзводно и поротно, рядами и колоннами сокурсницы принялись влюбляться в Раппопорта. Он же теперь видел в них исключительно страсти и беды. И чем больше упирался, тем активней девки его штурмовали.

Даже хромота оказалась шармом. Он был такой беззащитный, в очках, при этом так слушал, так умел понять запутавшуюся и утешить плачущую.

Ничего-то нового Фрейд не выдумал. Передрал монастырскую методичку по технике исповеди, назвал душу подсознанием, на место святого духа назначил либидо — вот и весь психоанализ. То, что психологу кажется высшим мастерством, в храме понятно любому дьяку. Неудивительно, что три года проведший в послушании Раппопорт стал в институте легендой. Самые пустяковые упражнения с его участием превращались в драму, в детектив с выдающимся терапевтическим финалом.

Например, очень просто: нужно отработать «активное слушание». Это имитация интереса к собеседнику. Не важно, что клиент несёт. Студент должен сидеть, наклонившись вперёд, поддакивать и смотреть в глаза. Повторять последнюю фразу, если пациент сбился с мысли.

Учащиеся разбивались по парам. Один говорит, второй изображает интерес. На любые темы: о сортах чая, о соседской собаке, о планах на отпуск — главное слушать, смотреть, не мигать и поддакивать. После упражнений всем смешно — как можно вслушиваться в страшную чушь с таким серьёзным видом. Всем, кроме Кеши. У него всё по-взрослому. И чем более жеманная и пустоголовая девица садилась перед ним на табурет, чем глупей её речи, тем фантастичнее результат.

Кеша ничего будто бы и не делал. Сидел, задавал вопросы. Рассказчица начинала с пустяков — выбор юбки на вечеринку и вопросы борьбы за талию. Потом распалялась, жаловалась на непонимание со стороны отца и что её Витёк, падла, закрутил с Танькой при всех. Она ему:

— Проси прощения!

И простила бы! Но он ответил матерно и теперь непонятно, кому она нужна, такая нелепая, неспособная отказаться от булочек. И в институте… она же сама видит, какая тупая, все смеются. И кому нужны эти ноги с педикюром, если счастья нет!

Сокурсница вскакивала, убегала в туалет рыдать. Потом возвращалась, обнимала Кешу, благодарила. Говорила, что она всё поняла. Зрители восхищённо трясли головами.

Кешу подозревали в применении тайных монастырских методик.

«Он всех в транс вгоняет, суггестор хренов», — говорили завистники. Но Кеша не практиковал ни просветляющей схимы, ни тем более каббалы с алхимией. Девицы сами теряли контроль. Они же видели, как закидываются их вчера ещё нормальные подруги. Садясь напротив Раппопорта, они уже готовы были выжать из себя всё. Проваливались в детство, в полуобморок, открывали страшные тайны, утирали распухшие носы и в финале лезли обниматься. Потом делились потрясением со следующими жертвами:

— Понимаешь, реву, не могу остановиться! И главное, такая лёгкость после терапии!

— Примерно так и выглядит настоящий катарсис, — бурчал супервизор с завистью.

За один только семинар по трансовым модальностям Кеша вылечил три тика, четыре анорексии, спас два брака и один развалил, избавив супругов от мучительной связи. Преподаватели требовали убить Иннокентия прежде, чем он закончит институт. Иначе этот тип вылечит весь город. А мы, доктора психологии, все пойдём водить трамваи, — говорили психотерапевты, с тревогой глядя в будущее.

Чем странней и угрюмей гений, тем он интересней. Женщины липли. Но Раппопорт видел в них лишь ту часть функций математического анализа, чей предел бесконечно стремится к побегу. И чем симпатичней барышня, тем бегство ближе. «Их нельзя удержать, только очаровать, на время», — повторял он.

Мне нравилась грустная концепция Раппопорта. Я бы тоже хотел отказаться от страстей. Он стал бы мне хорошим наставником. Тем более что такие виды любви, как «навек» или «до гроба», в мои планы не входят. То есть, я бы рад, но давайте будем реалистами, она — не для меня. Мне только разлучить Катю с Генрихом, и всё. Кто кого бросит — даже не важно. Пусть оба будут счасливы вдали от меня. И друг от друга.

Сейчас Раппопорт доктор психологии, доцент и чего-то ещё. С утра преподаёт, потом съедает в студенческой столовой вкусный шницель — и ну практиковать. Вторая половина его рабочего дня состоит из женских истерик. За двадцать латов в час он объясняет, что несчастье — это норма. У него шикарный кабинет в Институте какой-то там страшной психологии.

Я пошёл к нему. В прекрасном кабинете, на дорогущем кожаном диване рыдала дева. По распухшему носу, по тушевым ручьям было видно, какой выдающийся специалист занимается её проблемами. Такие синие разводы получаются, только если консультант гений или, наоборот, бесконечный тупица. Я вошёл, поздоровался. Пациентка встала, одёрнула юбочку и вышла. Спина прямая, каблуки грохочут. Кеша проводил её грустным есенинским взглядом. Он сидел за пустым столом, подперев голову рукой.

— Почему я не пошёл в сварщики? — спросил он. — Сосед варит двадцать стыков в день. Зарабатывает столько же, но никто не посвящает ему предсмертных записок. Его не зовут отравителем. Вот, почитай.

Он протянул листок. Написано было аккуратно, с завиточками:

Ты выбросил меня из каменного сердца,
Замёрзла говорливых чувств вода,
Захлопнулась невидимая дверца —
Я для тебя пропала навсегда.

Меня теперь не встретишь на дороге
И не услышишь нежный мой «Привет!».
И пусть на свете женщин очень много.
Таких, как я, с тобою больше нет.

Мои слова тобою позабыты.
Я в подсознании твоём всего лишь тень.
Моя любовь — разбитое корыто,
И дольше года длится каждый день.

Прощай. Навек твоя, Елизавета.

— Ловко же она скрестила Пушкина с Пастернаком. На музыку уже положили?

— Это элегия. Музыки не надо.

— За грамотность пятёрка.

— Она хорошая, — сказал Кеша.

— Да кто б сомневался. Чуть-чуть несовершеннолетняя. Если тебя сейчас не посадят, то однажды она родит тебе маленького кривого мозгоправчика.

— Она мой пациент.

— И что? Ты видел эти бёдра?

— Она для меня бесполое существо.

— Придумай ответ поинтересней. Например: она маньяк, ты её лечишь и боишься одновременно.

— Нет. Точно не маньяк. У неё анорексия.

— А по виду не скажешь. Ладная такая. И с чего всё началось? Подружки обозвали жирной коровой?

— Она бы их поубивала. Экспрессивная. Там семейная драма.

— Расскажи. Мне сюжеты нужны.

Кеша пожал плечами, потрогал нос, посмотрел на часы. Видимо, не смог придумать, под каким предлогом меня выставить. А может, человечность победила. Он никогда не мог противостоять наглецам вроде меня. В общем, стал рассказывать.

Всё началось, когда у Лизы появился брат. Родители вдруг решили себя побаловать. Разница в восемнадцать лет, у брата с сестрой никаких конфликтов. Наоборот, Лиза с новорожденным возилась как с куклой. Но вдруг перестала есть. Гастроэнтерологи просветили всё её прекрасное тело, до пяток. Отличный организм, говорят. Способен переваривать шпалы в майонезе, такой метаболизм замечательный.

— Сейчас угадаю. И тогда ты посоветовал запирать холодильник на ключ! От таинственных ночных пропаж! И аппетит вернулся.

Кеша поморщился. Он не любит, когда перебивают.

— Нет же. Это сейчас она наливная вся. А два года назад была как лошадь дон Кихота, проволочная. Глаза и колени блестели. Мама прибежала, плачет. Ребёнок гибнет. Стали разбираться. Однажды их папа загулял. Ехал в электричке и влюбился. Скоропостижно. И в тот же вечер упал в объятия вновь встреченной железнодорожной волшебницы. Родная жена расстроилась конечно, но окна бить не пошла. Ничего, говорит, вернётся. Мудрая женщина. И точно, через месяц он возвращается с таким огромным букетом, что по роже хлестать не удобно — рука устаёт. Прости, говорит, электричка была страшной ошибкой. Клянусь впредь не верить пригородным поездам. В общем, помирились, живут дальше. Жена почти не пилит.

— Представляю. Раз в месяц только поварёшкой отоварит, молча...

— Она умная и любит мужа. Уникальный экспонат.

А через сорок недель им под дверь принесли то, что у них было и о чём они не знали. Просто Шарль Перро. На ступеньке корзина, в ней девочка прекрасная, свидетельство о рождении и записка: «Серёжа, вот твоя дочь. Желаю счастья». Незнакомка из электрички оказалась такой феей. Родила и подбросила. Своих детей у этой пары не было. Разумная жена даже обрадовалась. Муж теперь не сбежит, хоть к королеве всей северо-западной железной дороги. Пожизненное чувство вины — лучший подарок для любой жены. Девочку назвали Лизой. Баловали, жалели. Ничего не скрывали — всё равно узнает. Прошло восемнадцать лет. И вдруг за хорошее поведение боженька посылает разумной женщине своего ребёнка. Так в один день мама превратилась в мачеху. Лиза вовсе не стала Золушкой. Но испугалась. Вылез из подсознания страх, что опять выбросят. Корзина — бутылка — путешествие — чужая дверь. И так внутри всё сжалось, что еда не лезет. Чуть не померла. Ну и вот, повозились, отремонтировали.

— Прекрасно получилось. Я знаю, какой метод лечения ты выбрал. Целование спящей в хрустальном гробу красавицы. Со слезой, в разные места. И, конечно, оживил. Прекрасный психологический приём! Она проснулась и хочет замуж.

— Вот ты трепло!

— Кеша, я завидую твоей профессии! Напрасно ты стремишься в сварщики. Целовать юную анорексичку — это совсем не то что прораба.

— Мы обошлись без поцелуев. Просто заменили мечты. Она хотела быть лучшей на свете дочерью. Теперь собирается найти рыцаря и стать дамой сердца. Вот только с рыцарем промашка. Подобрал ей одного аспиранта, а она перенаправилась и ну меня торпедировать. Называет меня «мой милый дурачок». Устроила чугунный век русской поэзии. Декаданс, базовая рифма «любила — могила».

Но аппетит замечательный, лопает — как за себя кидает.

— А в стихах грозит суицидом...

— В худшем случае поцарапается. Однако ж мне тогда конец. Заведут дело, перемажут так, что мойдодыр не отмоет.

— И хорошо! Пойдёшь в сварщики, как мечтал. Там спокойно. Пришёл с работы, выпил, поел — счастлив. А утром к прорабу, целоваться.

Раппопорт встал, раскрыл шкаф с мини-кухней. Раковина, печка, кофеварка, даже холодильник. Всё такое игрушечное, набор дочки-матери. Но Кеша играет сам. Приготовил два кофе.

— Иннокентий, как ты это сделал? — спросил я.

— Вода и две ложки кофе. Потом научу.

— Нет же. Как ты заставил Лизу себя полюбить? Себя, сокурсника — не важно. Это можно повторить?

— На ком?

— На мне. Хочу совратить Милу Кунис.

— Что ж, отличный выбор. Хохлушки поддаются гипнозу. А ты знаешь о старинной традиции украинских женщин драться сковородой?

— Мне не для себя. Одному человеку помочь.

— Что ж, Мила Кунис — это доступно, просто и выразительно. Я выпишу тебе эликсир. Три ложки с утра. Натощак. Через неделю её папа завалит тебя записками суицидального содержания. Потом уже сама Мила изнурит тебя необузданной похотью.

— Иннокентий, будь серьёзен.

Он пролил кофе, выразился витиевато. Заговорил с раздражением:

— Послушай. Ты пришёл за приворотным зельем и ждёшь серьёза?

— Только попробуй отказаться...

— Ага, шантаж! Слушаю внимательно.

— Если ты мне не поможешь, я... я в деталях расскажу твоей Лизе, как правильно оформлять жалобу. Мы тебя из жертв харассмента перепишем в совратители. И тогда все мечты осуществятся, ты станешь сварщиком и зятем её папы.

Кеша вытер полотенцем брюки, сел. Посмотрел синими глазами.

— Да разве ж я против? Но она через пару лет сбежит с каким-нибудь спортивным лосем. А мне останется выть на луну. Лучше уж как есть.

Я взял его за руку. Жест не вполне мужской, но он поймёт, о чём я.

— Помоги мне, Кеша. Ты же можешь. Очень надо.

Он выдернул руку.

— Дам тебе совет бесплатный. Даже запишу. Потому что на высшие психические функции полагаться нельзя. Они у тебя сейчас тонут в гормонах.

Кеша начирикал две строки на стикере, протянул. Я прочитал рецепт:

«+371-260-300-75, Эвелина. Ласковая, весёлая. Любые фантазии, кроме БДСМ. 30 латов в час. Круглосуточно.»

Я скомкал бумажку, встал, открыл дверь в пустой коридор Института Страшной Психологии и крикнул:

— Лиизааа!! Он согласен!

Раба любви пряталась за фикусом и тут же показала ясный лик. Иннокентий вскочил, захлопнул дверь.

— Ты идиот! Весь институт слышал!

— Открой мне тайну подчинения женщин, педофил!

У Кеши стёртые связки и особая манера произносить слова так, что любой сказанный пустяк кажется откровением. Ему нельзя не верить. Речь его затягивает, хочется слушать, что бы он там ни плёл. «Ещё загипнотизирует, чёрт языкастый», — подумал я, заметив, как пол и стены начали кружиться. Но Кеша не собирался ворожить. Просто он так разговаривал.

— Жар, с коим ты пытаешься мной манипулировать, вызывает уважение. Я тебе помогу, пожалуй. Просто ради научного куража. Но помни, эффект будет временным. Месяц или неделя. Потом она уйдёт, а ты будешь хранить под подушкой её тапок и выть трижды в день.

— Понял, понял. Я стану пожилой собакой. Согласен.

— Хорошо. Начнём с главного. Кто она, насколько моложе и как давно вы знакомы?

— Это вообще не для меня. Там другой случай.

— Мне-то не ври.

Я пожал плечами.

— Я не вру. Есть одна принцесса. Лицензированная. Её надо соблазнить — и бросить. Для дела. У тебя, кстати, нет знакомого искусителя?

Иннокентий прервал меня:

— Как же скучно... Я сам тебе объясню, что творится. Ты втрескался в некую козу. Она тебе не по зубам. И вот, тебе пришло в голову обскакать других кавалеров с помощью волшебных психологических методик. Потому что в прямом сравнении ты проиграешь всем. Поубивать соперников не сможешь, потому что задохлик. Так вот, Сева, она тебя не полюбит. Никогда. Ты для неё горбатый гном. Можешь приманить сокровищами, но интерес её будет краток. Она выпьет тебя и выбросит. Мезальянсы обречены. Аминь. Но на неделю я вас сведу. Просто чтобы посмеяться.

Захотелось ему врезать. Решил, что когда-нибудь обязательно врежу. Потом. Сейчас надо договориться.

— Интересно. Только что видел обратное. Красавица и невзрачный очкарик. С точки зрения Лизы, ты помнишь динозавров и не сожжён инквизицией только по недоразумению. Однако ж, она серьёзно хочет родить от тебя маленьких зануд. Вот и мне надо чего-то такого. В идеале.

Кеша покачал головой.

— Она пациентка. Такое бывает. Просидев много часов перед внимательным понимающим терапевтом, девушки путаются в чувствах, принимают доверие за любовь. Лиза — это моя ошибка. Хотел сэкономить время, пренебрёг некоторыми процедурами. Есть приёмы, освобождающие от лишних эмоций. Понадеялся на авось, и зря. Теперь маюсь. Обычное дело у психологов. На Юнга особенно психопатки слетались. Прям роились.

— То есть, у этой твоей Лизы не любовь?

— Смесь доверия и привязанности, так точнее.

— Прекрасно! Я согласен! Смесь доверия и привязанности мне подходит. Готов долго и счастливо заблуждаться. Кеша, ты мне просто расскажи технику. Приёмчики всякие. Почём у тебя час?

— Ты хочешь за час освоить всё, что я учил пятнадцать лет? Теорию и практику?

— Всё не надо. Мне только про баб.

Видимо, я пересёк какую-то грань. Он вскочил, отвернулся к окну, что-то бурчал. Было слышно «всякие идиоты» и «лоботомию, нахрен». Но я его знал. Теперь нужно сидеть молча, смотреть собачьим взглядом и вздыхать. От наивной преданности самый злой психолог становится человеком.

Тайна искусителя

— Cвятая наука, прости мне этот грех. Слушай Финн, как соблазнить Наину. Специальных методик нет. Ни военным психологам, ни разведчикам, ни топ-менеджерам мирового правительства не преподают никаких волшебных секретов. Все манипуляторы талантливы от рождения. Если ты родился крокодилом, в эмоциональном смысле, то даже не мечтай о том, чтобы очаровать утончённую антилопу.

— Антилопу в эмоциональном смысле?

— Чего? А... да. Так вот. Но есть очевидные действия, доступные разумным людям. Ты к таковым не относишься, но всё равно, слушай. Тебе придётся стать её копией в мужском обличье. Почти зеркалом. Она должна видеть в тебе себя, свою душу. У женщин, кстати, есть душа. Будь они роботами, многое в мире было бы проще.

Так вот, человек любит только себя. Любви «больше, чем я» не бывает. Все великие страсти растут из эгоизма. Полюби её эгоизм вместе с нею — получишь профит. Никакого «подарю ей себя». Нахрен ты ей не нужен. Стань ею, дыши ею. Когда вы оба, и она сама, и её копия, сидящая в тебе, подружитесь на почве совместной любви к ней, возможно сближение.

— Погоди, а как же любовь к матёрым самцам? Антонио Бандерас знать не знает о половине всех, кто готов за него под поезд...

— Ты что, Бандерас? Матёрый самец? А потом, они только на словах под поезд. На деле же хотят заполучить Бандераса и заставить плясать вокруг себя, невероятной.

Настоящую любовь, которая с самоотречением, только Бог вдыхает. Мы же говорим о враньё. Об имитации чувств и самообмане. В благоприятных обстоятельствах женщина может наврать себе, приняв родство душ за влечение. И никакого Печорина! Никаких попыток дразнить её невниманием! Ничем, ни вздохом, ни жестом их нельзя раздражать. Научись дышать, как она, говорить её словами, смотреть в ту же сторону. Копировать позы, походку, смех и голос. И не дай бог, не будь навязчив! Ты всегда должен быть чуть в стороне, чуть сильней и благородней, чем она. И заметно щедрее, конечно. А уж про чувство юмора говорить нечего. Только попробуй не рассмешить её, когда она того захочет. Если все условия выполнишь — получишь шанс на доверие, которое вовсе не любовь.

— Ты говорил, доверие и привязанность?

— Хорошо. И привязанность.

— А в чём разница?

— Страсти нет. Обожания. Та любовь, о которой все мечтают — это когда объект считает субъекта богом, ловит выдохи и взгляды. Я не видел твою даму, но представь сам, она может так к тебе относиться?

Я вздохнул.

— Нет, конечно.

Кеша отвернулся к окну, задумался о коварстве мезальянсов. Наверное.

— А что у вас с Лизой? — спросил я.

— Ничего. Мы дышали вместе, говорили об одном. Она привязалась. Не знакомая со страстями, возникшее между нами тепло она считает любовью. Упорствует, верит, что небо нас соединит. Сейчас я осторожно рассекаю всё, чем мы срослись. Те же приёмы, но наоборот. Через полгода она обнаружит, что мы «ужасно разные». И всё. Конец.

Кеша посмотрел на меня синими своими фарами.

— Ты, главное, не надейся на вечность. Убедить тебя сейчас я не в силах. Просто помни это, как математическое правило.

Тут во мне будто сдулся резиновый шар. Мир стал липким и бесцветным. Раппопорт прав. Катя меня никогда не полюбит. Но я сюда пришёл не за тем. Просто забыл, на минутку.

— Всё не так, — сказал я. — Её зовут Катя, и она очень красива. Я рядом с ней выгляжу мухомором, это правда. Ни на что не претендую. Мне нечем претендовать. Теперешний её кавалер — модный красавец, богема. Бывший супруг — миллионер, добряк и умница, не жалеет ничего. Мне нечего предложить. Я бы наизнанку вывернулся — но и это не спасёт. К тебе я за другим. Так сложилось, она живёт в моём доме. И не хочет съезжать. Я хочу выселить её сложным и подлым способом — рассорив с теперешним мужем. Желательно с помощью постороннего искусителя, который разобьёт ей сердце. Эта маленькая деталь доставит мне удовольствие. И за это всё я готов хорошо заплатить.

— А потом?

— Буду жить. Или сдохну от тоски. Главное, чтоб она при этом не присутствовала.

— Очень больно? — спросил Кеша, впервые посмотрев на меня как на живого. Я пожал плечами.

— Ну да. Припекло.

Он прошёлся по кабинету, потёр ладони, потрогал нос. Интерпретатор жестов Алан Пиз трактовал такие манипуляции как попытку обмануть собеседника. Если так, Кеша с детства только и делал, что врал.

— Давно не слышал такой занятной хрени. Однако ж, в твоих словах есть смысл. Отдаёт перверзией, но занимательно. Во избежание мордобоев, думаю, лучше не отправлять тебя в вольное плавание. Радуйся, несчастный. Меня заинтересовал твой психоз. И я хочу видеть эту твою... Как её?

— Катя...

— Катю.

Вдвоём вершить гадости куда интересней. Я полез обнимать мозгоправа. Он отбивался.

В коридоре за фикусом сидела Лиза, точила ноготь длинной пилкой. Посмотрела внимательно на меня, уходящего, потом в сторону кабинета. Спокойно посмотрела, как Чингисхан на полный золотом Китай. Какие такие техники могли бы её остановить, не представляю.

Началось, кажется

ннокентия обуял азарт. Он звонил ночью, просил описать Катю подробно.

— Неприятная, взбалмошная особа!

— Чего ж ты так в неё вцепился?

— Она живёт в моём доме. Засовывает ноги в мой камин. Дымит канцерогенными кришнаитскими свечами. Ну и, конечно, эта её ужасная йога в одном, извините, трико. Видел бы ты эти фигуры. Сердце разрывается. Я полгода на диете. Хочешь, сон расскажу?

— Не надо, — сказал он и хмыкнул.

Кеша сам выбрал искусителя. В театре. Молодой актёр Алёша Некрасов, творческое амлуа — демонический любовник. Мы купили билеты, посетили водевиль с его участием. В первом акте Алёша очень правдоподобно соблазнил доверчивую инженю, племянницу мафиози. Техника, напор, энергия и мягкость в момент захвата талии — всё выглядело правдоподобно. Иннокентий одобрил. Твёрдая четвёрка с плюсом, сказал он. Во втором отделении Некрасов морочил девице голову, обрюхатил, к финалу третьего акта бросил. Бедняжка хотела застрелиться, но в последний момент выбрала поездку к папе в Неаполь. Папа расстроился и так порешал вопрос, что все остались счастливы.

Кеша считает Некрасова отличным кандидатом. Не слишком умён и в нужной степени нахален. Вряд ли будет капризничать. Если подкрепить его творческие амбиции парой тысяч долларов, весь свой задор и талант он направит куда надо.

Мне претендент не понравился. Слишком смазлив. Нелепый светлый чуб, масляные глазки. И дурная дикция, вместо твёрдых Д и Т он произносит З и Ц. «Ззрасцвуй, молозосць». Где, интересно, учат таких актёров.

— Смотри-ка, наш Казанова ещё никого не соблазнил, а ты уже ревнуешь, — оживился Раппопорт. Мне непонятен его выбор. Катя нипочём не поведётся на Алёшу Некрасова. Он же кузнечик. А ей нужен серьёзный, взрослый мужчина. Кеша спросил, уж не себя ли я имею в виду. Разумеется, нет. Даром не надо. Я для неё слишком маргинален. Но и не дура же она совсем — отвечать на ухаживания такого Кена.

— Кто такой Кен? — спросил Иннокентий.

— Пластмассовый человек. Муж Барби. Аполлон, с точки зрения учениц начальной школы. Сразу видно, ты в куклы не играешь.

— Ещё как играю. Просто мои куклы крупней. И злее. — Кеша руками переставил больную ногу, поморщился. А знаешь, — сказал он, — тут ты прав. Давай для начала с Катей познакомимся.

Встречу замаскировали под семейный визит. Кеша приехал с Лизой. Её просили сыграть девушку Раппопорта. Лиза согласилась быстрей, чем дослушала слово «девушка». Играла увлечённо, с жаром. Со стороны не скажешь, что всё притворство. Они были парой, приехавшей ко мне в гости. Я попросил Катю украсить собой вечер. После отъезда Генриха наша дружба стала чопорной. Я притворяюсь, будто мне всё равно, она как бы не замечает моей игры. Десять берёзовых полешек для камина обошлись дороже бутылки Мозельского вина. Нужно будет договориться с лесопилкой, пока любовные интриги не оставили меня без штанов.

Катя спустилась. Поздоровалась, заговорила легко, будто знает гостей с детского сада. Я ею любовался. Потом подумал, нехорошо пялиться. Мы же соседи, а не настоящая пара. С другой стороны, мы играем в пару. И потом, знаю по опыту, год пройдёт и забудется, кто на кого таращился. Так чего себя мучить?

И я стал разглядывать её, ни в чём себе не отказывая. Мне нравятся её колени, пальцы, африканские кудри и улыбка. Она открыто и радостно общается с Раппопортом, которого видит в первый раз. Легкомысленная особа. Но как же ей это идёт!

Кеша задаёт мутные психологические вопросы: любит ли Катя маленьких собак, например. Ответ, по-моему, очевиден. Пушистое, малогабаритное и дурное — вот достаточные условия женской симпатии. Катя ответила, что сами собачки средней противности, а вот их выпученные глаза ужасны. Кажется, вот-вот выпадут.

Раппопорт — отличный специалист. Разговорил девушку. Я и не знал, что она три года училась в театральном. Ушла сама. Не хотела оказаться сто тысяч первой несчастной актрисой, которые сразу после выпуска никому не нужны. А первой точно не стать.

Там нужны фактура и самоотречение. Катин папа — нефтяной магнат Юсупов. Потомок настоящих Юсуповых. Но зарабатывает она сама. Рисует, массаж освоила. Хоть и татарская княжна, по папе. А мама русская, готовит прекрасно.

Мне не нравилось, как Иннокентий руководит вечеринкой. Катя рассказывает о себе — это прекрасно. Но зачем он такой внимательный, разговаривает тихим, чуть сиплым голосом? Задумай Раппопорт склеить Катю, я вынужден буду его застрелить. В рамках самообороны. Я влез в разговор, рассказал историю институтских Кешиных сумасбродств. На первом курсе он чуть не спятил, изучая досрочно всего Юнга. Старшекурсники взяли на «слабо».

Принципы Юнгианской аналитической психологии полны мистики и тумана. Увязать эту высокую теорию с жизнью простых русских человеков очень непросто. Например, приходит папаша, жалуется на сына-двоечника. А психолог в ответ рассказывает о коллективном бессознательном, об архетипах, досаждавших ещё пещерным людям. Многие отцы и матери начинают сомневаться в крепости мозгов терапевта.

Карл Густав Юнг настрочил сорок томов исключительной мути. Горы непереводимых немецких терминов. Как и дедушка Фрейд, он любил трактовать сны сельских простушек. Но если Фрейду везде мерещились фаллосы, то Юнг в каждой козявке находил мистическую северную психоделику. Националсоциалисты очень радовались его трудам. Учёный как бы подтвердил, что предками немцев были те сплошные нибелунги.

Юнг писал в дневниках, что сам порой не понимает — спит он или уже проснулся. Он утверждал, что вылечил шизофрению у себя самого. Впервые в истории. Он называл человека сумасшедшим животным. Хлестал пациентку Сабину Шпильрейн плёткой, отчего та стала испытывать оргазм от слова «трансдукция». В общем, прекрасный специалист. Любого невротика он превращал в полноценную, здоровую личность. Терапия начиналась с гипноза и глубокого бурения мозга. Быстро пройдя нефтеносные и угольные слои подкорки, Юнг находил архетипы. Вот некоторые из них: Грааль, Великая Мать, Пуп Мира, Андрогина, Мандала, Варахиил, Иерогамус, Сизигия. Они есть в каждом человеке. И у богемной Сабины Шпильрейн, и у простой дворничихи Гертруды.

Всё это сложно выучить, и ещё труднее понять. Сумрачные фашистские галлюцинации не столько лечили, сколько сводили с ума. Студенты зубрили статьи наизусть, во избежание поломки мозга не пытаясь вникнуть в суть. И отвечали как тарабарщину, наугад, закрыв глаза и скрестив в кармане пальцы.

Умница Иннокентий был не таков. Но даже он растерялся, найдя в списке архетипов некое «Иерогамус и Визигия». Он месяц сражался с протуберанцами германской психиатрии и лишь укрепился в мысли, что весь этот Юнг — провокация и саботаж, способ взорвать изнутри как можно больше советских мозгов. Потом пришло решение стимулировать разум достижениями народной химии.

Раппопорт нашёл телефон тибетской общины. Купил ящик препаратов, похожих на собачий корм. Надо было съедать по тридцать шариков в день. Он честно ел. Голова кружилась, в глазах плыли пятна, Юнг оставался непостижим. Но и Кеша не сдавался. Первая коробка закончилась. На дне её он нашёл инструкцию. Оказалось, тут лишь первая часть курса — средство очистки кишечника. Второй ящик должен закрепить успех. Самый же главный, третий ящик, рекомендуется съесть после первых двух. Заказать его можно по такому-то телефону. Именно в нём и собраны препараты для мозга.

До экзамена оставалась неделя. Кеша сосчитал: если жрать пилюли с обычной скоростью, то начало позора совпадёт с началом третьего ящика. Он стал есть быстрее. Лопал пилюли с хлебом, с чаем, вместо завтрака, пять раз в день. Ему снились Пуп Мира, Иерогамус и Сизигия. В ночь перед экзаменом он увидел, что его руки удлиняются, становятся жидкими и стекают сквозь перила моста. Кеша не помнил, как оказался на мосту. Тело его сделалось стеклянным. Пришлось лечь и ползти, чтобы не разбиться на огромной скорости, развитой слишком стремительными ногами. Домой он прилетел к утру, на чёрных-чёрных крыльях. Назвал маму Варахиилом. Спросил, отчего Сириус сегодня такой дерзкий.

На экзамен прискакал на зелёных собаках, тем же утром. Все хорошие люди имели приятный золотистый оттенок. А нехорошие отливали сиреневым. В животе у Кеши хлюпало, и весь он пах южным разнотравьем. Говорить не мог. Преподаватели поняли только, что он честно учил Юнга. Поставили «четыре», отправили домой.

За Катин смех я готов простить Вселенной её несовершенство. Она улыбается — и мир пробуждается, цветы становятся ярче, люди светлеют. Даже Кеша кажется сейчас милым. Не зря всё-таки красивая юная Лиза выбрала этого хромого ботаника. Значит, что-то в нём есть такое. И если у меня такие приятные друзья, значит, и сам я ничего.

Воспользовавшись моей мягкостью, Кеша перехватил инициативу. Довольно долго он обсуждал с Катей её жизнь. Какие-то женско-актёрские истории. Я хотел включиться, но не понимал, куда слово вставить. Теперь уже Катя ему улыбалась. Обидно. Какая-то она ветреная. На меня не обращали внимания, я надулся, стал требовать конца банкета. Сказал, что мне ещё всю ночь работать, приезжайте в воскресенье, в пять. Лиза не спорила, тут же поднялась. Кеша пожал плечами, тоже пошёл собираться. Уходя, шепнул в прихожей: «Завтра поговорим».

Конечно, Катя ему понравилась. Раппопорт её нахваливает. Она приятная, умная. Невероятно обаятельная. С точки зрения психологии, её романтические идеалы противостоят избыточно рациональному миру. Внутренний конфликт грозит неврозом, но общий прогноз хороший. Я прервал докладчика.

— И это всё резюме? Умная и красивая? Этому тебя учили пятнадцать лет? Впрочем, вижу, куда ты клонишь. Вывод будет такой: у меня нет шансов, даже теоретических.

Раппопорт похлопал меня по плечу:

— Вот и хорошо, что сам допёр. Так и есть. Ты ей не пара даже на месяц. И уж подавно, не в твоей власти разбить ей сердце. Нам нужен кто-то романтический, великолепный, сексуальный. А ты сантехник и грубиян, хоть и гуляешь до обеда в халате.

— Значит, Алёша?

Кеша молча отпил кофе и улыбнулся мне, как школьнику. Гад какой-то, а не друг детства.

Интриганы

ы раздобыли телефонный номер, пригласили артиста поучаствовать в беззлобном розыгрыше. Обещали вознаграждение. Гонорар Раппопорт обещал выщипнуть из моего кармана. Сумму не назвал. Сказал лишь, грешно скупердяйничать, когда речь идёт о науке.

Для наведения дружбы встретились в театральном буфете. Алёша без грима не так эффектен. Обычный юноша, живой и доброжелательный. Мне уже не хотелось никого разводить. Я надеялся, он откажется. Если бы уговорами руководил я — так бы и вышло. Но Кеша поручил мне роль тупого эмоционального оппонента. Мне нужно было вызражать — всё равно о чём. А Кеша обеспечит логику. Благодаря мне Некрасов не сможет сосредоточиться, и Раппопорт его обхитрит. На самом деле, конечно, я ему не нужен. Кеша и рыбу уговорит жить на суше, чертяка языкастый.

Мы представились, пожали руки. Некрасов подмигнул буфетчице, взял кофе и десерт. Буфетчица озарила улыбкой стойку с салатами и булками. Сколько мы сидели, в её углу всё полыхало зарево девичьего счастья. Иннокентий показал мне глазами на этот рассвет и начал издалека:

— Алексей, мы только что видели спектакль. Без иронии и кокетства: ваша игра бесподобна! Вот уж не ожидали встретить в провинции такой уровень. У нас не было особых надежд, мы пришли скоротать вечер, но теперь, без преувеличения, мы потрясены!

Некрасов поднял брови. Ему прежде такого не говорили. Кеша не смутился, хвалил и хвалил. Граф Роберт Девере Эссекс утверждал: только наглая, беспардонная лесть заслуживает усилий. Графу можно верить, сама Елизавета Английская умерла от любви к нему. Предварительно обезглавив красавца. Я решил, что возражать ещё рано, ничего не добавил к дифирамбу.

Алёша выслушал Раппопорта, сдержанно поклонился. Психолог выждал паузу и перешёл к делу.

— Мы заключили пари. Мой визави утверждает, никогда и никто не вскружит голову женщине так легко и элегантно, как вы на сцене. Я же верю в магию искусства. Несомненно, встретив героя нужного формата — похожего на вас, — любая забудет гордость. Бросится на шею, не дожидаясь второго акта. Я имею в виду барышню с улицы. Первую попавшуюся. Взять, что ли, соседку моего оппонента. Катерину. Она капризна, избалованна, но попав в такое представление — не устоит.

Тут Кеша указал на меня. Пришла пора нерациональных эмоций. Я прокашлялся и нырнул в муть диспута.

— Катя — вопрос закрытый. Она влюблена в другого. Тяжело и безысходно. Даже при всём вашем, Алексей, обаянии, вы ничего не сможете сделать, — заявил я, треснув по столу кулаком. Получилось фальшиво.

— Думаю, Севастьян прав, — вдруг согласился Алёша с моей пораженческой версией. — Сцена — это сцена, в жизни столько нюансов... В общем, я бы не поставил на свой успех. Женщины непредсказуемы... Слишком много факторов должно совпасть. У меня была знакомая, влюблялась исключительно в ямочки на подбородке. Другой обязательно нужен был певец, причём тенор. «Шаганэ ты моя, Шаганэ...», исполненное высоким голосом, включало в ней лимбическую систему. А вообще когда и какое чувство в них проснётся — никто не знает. Сожалею, если разочаровал вас. Но спасибо за...

Тут Кеша аж привстал, будто в сердцах.

— Хотите докажу? Послушайте, Алексей, я психолог и кое-что понимаю в женщинах.

— Я не психолог, но тоже изучал этот вопрос, так сказать. У нас тут в театре... не важно... Клянусь вот этим киселём из вишни, с женщинами никогда и ничего нельзя гарантировать.

Кеша расцвёл. Почти вскрикнул:

— Присоединяйтесь к пари! Очень просто. Вы исполняете мои инструкции. Ничего сложного, клянусь! Если объект через месяц бросится вас целовать — я победил. Если нет — выплачу вам обоим по... — Кеша посмотрел в потолок, будто что-то прикидывая, — по две тысячи долларов! Плюс расходы, связанные с выгуливанием девицы.

— А если она окажется фригидной? Снежной королевой или трансвеститом? Если сердце её холодней арктического льда? — спросил Алёша.

— Тогда мой оппонент Севастьян заплатит нам двоим по три тысячи. В любом случае, Алексей, вы в выигрыше.

— Стоп-стоп! А чего это я три тысячи, а ты две? — я возмутился. На этот раз получилось вполне искренне.

— Потому что ты богатый писатель, а я бедный
учёный.

— Но тогда Алёша будет заинтересован в твоей
победе. Не честно!

— Хм. Ты прав. Хорошо же. Тогда я плачу столько
же. Условия просты: к исходу лета анонимная Бело-
снежка должна признаться в любви Алексею Некрасову, который следует моим инструкциям. Если этого
не происходит — я продул.

— Почему неизвестная? Если Катю упомянули, давай её и назначим в жертвы.

— Но Катя успешна и замужем...

— Сдрейфил?

— Ни в жизнь! Для науки нет преград. Катя подходит.

Воодушевить Алёшу не удалось. Он разглядывал
свою чашку без малейшего энтузиазма.

— Вам эта Катя чем-то насолила? Разбила сердце? — спросил он, спокойно глядя мне в глаза. Вот
уж не ожидал от провинциального актёра такой
проницательности. С другой стороны, хорошо, что
умный. С дураками наплачешься. Если согласится —
значит, циник. Размолотит Катино сердечко, не по-
чешется. Если откажется, тоже неплохо. Обида на
Катю улеглась. Мне расхотелось ей мстить. Я даже

повод не мог вспомнить. Взъелся чего-то, и понесло. Идея наёмного искусителя — глупость жуткая и блажь. Сейчас Некрасов откажется, понял я с облегчением.

Кеша как-то странно крякнул, наклонился вперёд, уставился на пациента. Заговорил, как я понимаю, специальным гипнотическим голосом. Шутки кончились.

— Алёша, три тысячи долларов за несколько прогулок с красивой девушкой. Поверьте, многие бы сами доплатили, Катя стоит дороже. Но вам повезло, весь банкет оплачиваем мы. К сентябрю в любом случае вы вернётесь в театр отдохнувшим и с премией в кармане. Подчёркиваю, деньги вы получите независимо от результата.

Я решил встрять:

— Нет-нет, давайте лучше так, если Катя останется, то мы заплатим даже больше…

— Независимо от результата, — повторил Кеша с нажимом.

Некрасов чего-то насупился. Посмотрел в пустую чашку, потом в окно. Будто он не с нами. И сказал:

— Вот что, господа. Ваша афёра мерзка. Очень жаль, не могу назвать наше знакомство приятным. Прощайте. Желаю здравствовать.

Тут он встал, поклонился как аристократ и пошёл прочь, поражая буфетчицу безукоризненной осанкой. Иннокентий сказал так, чтобы актёр услышал:

— Ну что ж, понятно. Кто следующий в списке? Митрофанов?

Никакого списка не было. Актёра Митрофанова он выдумал. Но Алексей, вроде бы, дёрнул спиной. Или показалось.

Тут в буфет набежали какие-то театральные студентки. Набрали сластей, расселись, зашумели. С ними мир прекрасен. Даже если провинциальный актёр назвал вас мерзавцем и вы не нашлись что ответить, всё равно прекрасен. Я сказал:

— Он спас нас от греха. В следующей жизни мы родимся обычными верблюдами, а не противными пиявками, как могли бы, если бы он уговорился.

Всё хорошо. Никаких волнений. Приду домой, увижу Катю. Однажды она уедет, но не сегодня. Даже не в этом месяце. А может, раньше новый потоп случится и нам придётся торчать в этом доме, пока Млечный Путь не погаснет. Было бы здорово.

— Он вернётся. И он нам очень подходит, — сказал Раппопорт.

— Чем же он нам подходит?

— Он верит в свою исключительность. Ещё он умён и тонок. Окажись он жизнерадостным простаком, как большинство актёров, вызвал бы отторжение. А так — всё очень убедительно

— Ещё скажи, что сесть в лужу входило в твои планы!

— Разумеется!

Сволочь Иннокентий оказался прав. Не прошло трёх дней, как Некрасов сдался. Война с жадностью ему не по карману. Он позвонил, сказал, что хочет извиниться за некоторую свою резкость. Он-де не учёл возможную серьёзность наших оснований. Вдруг эта Катя и правда редкая зараза. Некрасов сам познал женское вероломство и жалеет, что нарушил принципы мужской солидарности. Влюблённые мужчины так беззащитны перед сердцеедками. Небольшой розыгрыш не повредит стерве. Наоборот, будет полезен. И если мы великодушно простим его горячность, то он в деле.

План баталии

Встретились в том же буфете. Как положено Настоящим Негодяям, все были улыбчивы и дружелюбны. Начальник штаба Иннокентий Раппопорт озвучил диспозицию. Он сказал:

— Противника зовут Катя Дмитриева. Тридцать два года. Играла в любительском театре, занимается йогой. Рисует, массирует за деньги богатых тёток. Красива, умна, общительна. Год назад влюбилась в некого Генриха, проигравшего мешок чужих денег. Пик страсти пришёлся на прошлое лето. С тех пор пламя осело. Благодаря стараниям самого Генриха, в основном. Сейчас он в Москве, отрабатывает долг. Катя живёт здесь. Для утоления страсти им хватает двух выходных в месяц. Это значит, у нас есть шанс.

— Ну, что-то же их связывает? Разве можно недооценивать объединяющую силу прошлого? — Судя по штилю, Алексей видел себя героем сериала. Дешёвого такого, часто прерываемого рекламой стиральных порошков.

— В их совместном прошлом страхи, слёзы, скандалы, драка с визгом перед дверьми казино. Такое былое не слишком роднит. Связывает их разве что постель и красивые планы. У неё дом в Калифорнии, у него в Норвегии бабушка. К тому же Генрих недурён собой. Достойный уважения соперник. Фотографирует моделей. Хипстер. Главная наша трудность — Катя не из числа скачущих из любви в любовь.

— Не очень оптимистичная картина, — сказал Алёша.

— Хорошо. Поговорим о плюсах. Первое: Генрих Катю однажды уже бросал. Сразу по окончании медового месяца. Женщины не забывают таких подарков.

Второе: на словах она ему верит. Но в сердце заноза: боится нового срыва. Ждёт, что однажды он придёт не к ней, — а в казино. Такие предвкушения сильно охлаждают. Пресловутое мужское плечо — вот чего ей не хватает. А у нас это есть. Алексей, у вас же есть плечо? Шучу.

Третье: он беден, она богата. Если мадам — пожилая миллиардерша, устойчивая к ядам, мезальянс может длиться годами. Но Катя молода, а у Генриха по химии была двойка, он мышьяк от сахара не отличит. Появление Алексея Некрасова вызовет интерес. Кате захочется — хотя бы на мгновение — сменить убогое шило на прекрасное мыло. Это мгновение нам и предстоит поймать.

— На секундочку, я тоже не Рокфеллер, — заметил Алёша.

— Ерунда! Нам бы только день простоять и ночь продержаться. Притвориться на месяц хозяином нефтяной трубы, что может быть проще! Никто же не собирается встречать с ней старость. Ведь не собирается?

Кеша внимательно посмотрел на нас. Мы пожали плечами неопределённо.

— Это не шутки! Залипнуть нельзя! Отношений всё равно не получится. Обман вскроется, и тогда — прощай. В августе ты должен её бросить! Сам, первый. Чтобы сразить её, тебе придётся быть во всём как Генрих, только лучше. Помни, ей нужен именно ты. Сильный, надёжный, умный, элегантный. Ты богат и заботлив, ты первым обнимешь, утешишь, рассмешишь, поддержишь. Пока что она сама и заботливая мать, и, отчасти, мужик. Решает финансовые вопросы. Катя мечтала стать актрисой. Ты ей будешь интересен как успешный профессионал. Про зарплату и источники богатства молчи. Делай загадочное лицо. Тайны нам на руку.

— И кино! Я снимался в кино! Кстати, я похож на Генриха? — спросил будущий демон любви. Речь Иннокентия его вдохновила. Он готов был скакать вперёд, очаровывать любого противника, даже крокодила. Кажется, не так уж он и умён.

Иннокентий придирчиво осмотрел гардероб соблазнителя, признал годным. Очень хорошо, скупать наряды от Версаче мне бы не хотелось. Купили разве что шейных платков побольше. Мужчина с тряпкой на шее выглядит праздным и мечтательным. Нужны разве что штрихи, по которым Катя признала бы в Алёше тайного богача.

Первым штрихом оказался огромный, тёмно-зелёный лексус, пригнанный лично Раппопортом из неизвестных далей. Вторым — здоровенный перстень с чёрным камнем. Я сказал — это вульгарно, Катя не купится. Особенно кольцо ужасно выглядит. Но Кеша меня высмеял, назвал невежей. У женщин, говорит он, есть специальный орган, реагирующий на всё дорогое. Благодаря ему, из кучи тряпья или обуви женщина сразу, не глядя, вытащит самое дорогое. Это такой магазинный феномен. И уж конечно, Катя угадает цену колечка мгновенно. Нам, кстати, очень повезло. Кольцо и машина принадлежать Кешиному другу, миллионеру. Нам их выдали безвозмездно, на три месяца. Мир не без добрых людей, и очень хорошо, что они бывают богаты и любят психологию. В благодарность нужно будет заехать к миллионеру всем коллективом, отобедать. А в перспективе — помочь с диссертацией. Его зовут Семён Борисович, у него всё есть, кроме диплома доктора психологии. Ну и сама история ему интересна. Техника совращения красавиц может стать популярным трендом, многие захотят освоить.

Хорошо посидели

Катя песенки поёт, крошит салат. Я сижу, смотрю ей в спину. Жалко её. Вечером под видом моих приятелей к ней приедет беда. Она ещё не знает. Приглашу её присоединиться. Скажу, что будут Раппопорт с Лизой и ещё один актёр, по фамилии Некрасов. Если ответит, что занята вечером, значит, так тому и быть, я всё отменю. Тем более что актёр так себе, довольно скучный. В кино не снимался, вроде бы, и вообще, странный тип.

Я всё это ей сказал и послал мысленный приказ: «Откажись!»

Катя ответила «не знаю» и побежала печь шарлотку. И спросила, что надеть. Сама виновата.

Она пригласила двух подруг, рыжую и зеленоволосую. Им тоже хочется посмотреть на живого, функционирующего артиста. Оправдываясь жарой, подруги надели самые лучшие свои костюмы — голые ноги. Цвет волос, так много говорящий о здоровье головы, сразу стал вторичен. Странно, что я вообще заметил их волосы, при таких-то шортах.

Сама Катя вышла навстречу судьбе в тонком платье с открытой спиной. Рядом с ней, такой ладной и гибкой, хорошо бы смотрелся какой-нибудь гимнаст. Мне же в роддоме подсунули фигуру пельменя, совершенно непопулярную у йогинь. Я могу лишь тайком косить на ключицы, лодыжки, бёдра, на разные впуклости и выпуклости. А трогать всего этого мне нельзя.

Алёша пришёл в облегающей майке. Каждой девушке сказал «здравствуйте» мягким баритоном.

«Свидание окончено!» — хотел крикнуть я, но сдержался.

— Скажите, Катя, как этот бессердечный тип (Алёша кивнул в мою сторону) живёт с вами в одном доме и до сих пор не сошёл с ума? Я имею в виду — от счастья?

Шутка пятого сорта, но Катя хихикнула. Какая она всё-таки ветреная.

— Судя по тому, как Севастьян относится к чужим вещам, особенно к одежде, он не может сойти с ума. Для этого нужны некоторые слагаемые, у него таких нет.

Катя скорчила Алёше очаровательную рожицу. Мне она никогда таких не показывала. Я заявил, что безумен и это мой сознательный выбор. Чтобы не выделяться и не смущать приятелей, я ослабил интеллект до их уровня, что оказалось равносильно отказу от оного. Но никто меня не слушал, Некрасов заливался, девочки смотрели ему в рот, Иннокентий разглядывал собственные ногти.

Некрасов говорит, что снимался в кино, однажды. Роль небольшая, но характерная — студент, подрабатывающий стриптизёром. Сюжет такой: одна молодая женщина работает директором института. Притом она молода, богата и красива. Как в ней совместились столько противоположных качеств — сценаристы не пояснили. Её играла сама Мария Кожемякина, между прочим.

Так вот, девушка-директор пьёт по утрам шампанское, руководит институтом, но душа алчет любви. В поисках счастья она приходит в бар, где как раз на шесте танцует Некрасов. Он не знает, что пришло его будущее, и просто извивается, согласно роли.

— Пришлось даже выучить гимнастический танец, — сказал Некрасов и засмеялся. Мне кажется, он дурак. Возвращаемся к сюжету: женщина-директор суёт танцору сто долларов, прямо в плавки. И уводит с собой, насиловать. Современному зрителю нравятся такие повороты.

Меж тем учёные в институте изобрели волшебные таблетки, за которыми охотятся шпионы. Начинается стрельба, драки, секс в несущемся автомобиле. Чушь собачья, но как внимательно его слушали!

Мне стало обидно. И хоть Раппопорт запретил мне разговаривать, я встрял, рассказал, что сам работал сценаристом. Между прочим, придуманные мной фразы говорил лично Сергей Безруков, прямо своими гениальными губами. Он играл сразу две роли. Педагога в детском центре и грабителя-убийцу.

Каскадёры разработали для него сцену невероятной битвы. В роли негодяя он избивает полицейских, вращая при этом ногами как вертолёт. Модно и современно, молодёжи нравится. В сценарии было написано коротко: «Убийца пробирается к выходу, расшвыривая оперативников». На деле он бежал по столам и люстрам, сея разрушение и боль. Оперативники его пытались схватить, но он расшвыривал их как торнадо.

Для постановки трюков пригласили каскадёров из Казахстана, очень серьёзных, с огромным опытом.

Тысячи негодяев в лучших студиях мира благодаря этим казахам огребли по морде.

Под их руководством Безруков ловил чашки и стрелы, фехтовал огнетушителем и табуреткой. Одного врага ударил ложкой, согнул черенок, поддел за щёку другого, этой же ложкой, — и бросил через спину. Очень достоверно. Всё, как в жизни. Мой папа однажды простой отвёрткой выгнал на мороз целый подъезд соседей. Потом расскажу.

Чтобы не тратиться на массовку, казахам велели играть переодетых полицейских. Рассказали актёрскую сверхзадачу: ходить по залу с очень серьёзным лицом. Пока негодяй не появился, все они притворялись людьми, случайно надевшими одинаковые пиджаки. Танцевали, обнимали женщин очень аккуратно, не выходя за рамки устава. Отрепетировали, приготовили йод, бинты, «скорую помощь», кофе для режиссёра. Казахи изготовились к травмам, Безруков разминается. И вдруг внимательный оператор спрашивает, отчего это у нас все менты — казахи? Ему объясняют терпеливо: это каскадёры. Они родились в Казахстане, выросли, приехали сниматься.

— Но мы же в Питере! — говорит оператор. Ему отвечают — а что делать! В американских фильмах встречаются негры-кардиохирурги и евреи-дальнобойщики. Никто не жалуется. А у нас менты вот такие, с изюминкой. Восточный тип. Надо смириться.

Дотошный оператор говорит: хорошо, можно простить в Питере казахский ОМОН, хоть это и странно. Но зритель ведь не знает, что это менты. Для него всё выглядит так: неистовый Безруков мечется по залу и бьёт исключительно казахов. Огнетушителем, гневной ногой и гнутой ложкой. Он что, нацист?

Всего каскадёров было восемь человек. Съёмки нужно было начинать немедленно. Ни один пластический хирург не успел бы приделать казахам круглые глаза. Режиссёр позвал гримёра.

— Леночка! Как бы нам сделать казахов широкоглазыми? Нарисуй чего-нибудь! — сказал он. Гримёр Лена заплакала и ушла. Режиссёру принесли ещё кофе и пистолет, на случай внезапной потребности застрелиться. И тут третий помощник осветителя предлагает надеть на драчунов новогодние маски. Новый год же. Детский праздник. Хороводы, подарки, все дерутся немножко, зайчики, ёжики, будет мило и задорно. Главное — все русские.

Позвонили ассистенту по реквизиту. Её зовут Надя. В лицо никто не видел, она только что была здесь, но уже убежала. Без неё бы всё кино сдохло. Она может ночью, в тайге, со связанными руками достать из пустоты весьма сложные предметы. Её не смущают такие фантазии режиссёра, как «сухой хризалидокарпус через пять минут» или «семьдесят рослых арабов в национальной одежде к обеду». Если заказать атомную бомбу, опытная Надя уточнит только желаемую мощность и нужна ли к бомбе ракета. Удивительно, как не сообразили заказать ей наш фильм в уже отснятом виде. Она нашла бы. Так вот, душной июльской ночью Надя достала из подпространства целый ворох новогодних масок. Зайчики, лисички, белочки.

Каскадёры сразу стали похожи на людей. Зритель легко узнавал их в толпе по смешным ушкам и носикам. Стали снимать. Строго по сценарию. Некая фирма празднует Новый год. Женщины танцуют, мужчины выпивают и о чём-то ржут. Между ними прячутся оперативники в масках. Неожиданно вбегает Безруков и ну колотить белочек и ёжиков. Ногами, огнетушителем и гнутой ложкой. И, конечно, такая драка выглядит совсем не так подозрительно, как если бы он бил исключительно выходцев из Азии. А тут — ненавидит человек зайчиков, ничего особенного.

В этих диких джунглях искусства моим кумиром была помреж Галина. Стремительная, в дырявых

джинсах, бегает, орёт на всех. На датских порносай-
тах таких называют «Строгая Госпожа». Конечно, дат-
чанам далеко до нашей Галины. Из экономии в че-
тырнадцатом эпизоде Галине поручили сыграть фею.
Она и так лапочка, а в коротком платье с крылышка-
ми получилась двойная фея с сиропом.

Когда Галя не подрабатывала феей, то бегала в дырявых джинсах. Эти её дыры глубоко меня ранили.
Я не знал, как реагировать, подарил ей какао. С одной
стороны, ни к чему не обязывает, всё-таки это не
кольцо. Но тонкий человек непременно уловил бы,
сколько смыслов в этом стакане — холодная постель,
стихи Бодлера, обида на Шарлиз Терон и порванный
в бреду пододеяльник — всё было в нём. Янков-
ский — свечу через бассейн не так бережно, как я
тот стакан. Она сказала «мерси» и протянула руку. Тут
из-под плеча выскочил Сергей Безруков. Подхватил
Галину, моё какао, тоже сказал «мерси» — и пропал.

Мне нечего ему противопоставить. Его любят женщины как таковое, ни за что. Одна девочка сбренди-
ла, лишь увидав его портрет. Её зовут Рая. В шестнад-
цать лет она оклеила квартиру его фотографиями.
Раин папа стал первым на земле человеком, заметив-
шим, что Безруков встречается в жизни чаще, чем все
остальные актёры Земли, вместе взятые.

Тут как раз вышел сериал, в котором Безруков играл бандита поневоле. Он был благородным, честным бандитом. Если в кого и стрелял, то от безысходности, с чувством глубокого сожаления. Конечно. С каждой серией чувства Раи только крепли. К восьмой серии она уже хотела родить от Безрукова семью, дом, поездку на Бали и автомобиль «Жук» любой расцветки. Она написала письмо, но артист оказался глух и слеп к её страданиям. Он предпочёл Катю Гусеву, хоть она его, может быть, даже не любила.

Рая тоже не знала, как реагировать, и решила отравиться. Купила литр мартини, выпила, но не умерла. Только тошнило потом страшно. Сейчас у Раи хороший муж, все плакаты сняты и сложены аккуратно в шкаф. Безруков далеко, но по-прежнему дорог.

Я понимаю Раю. От Безрукова нет защиты. Я видел, как в перерывах между съёмками он подкрадывается к зазевавшейся ассистентке, шепчет в ухо анекдот и хохочет, дразня белыми зубами. Девушка потом не помнит анекдота. Ей снится его шёпот. Ей кажется, то были слова любви, просто в иносказательной форме. Долгие годы она потом впадает в рассеянность и пишет мемуары с разводами от слёз. А Безрукову ничего. Разбив одно сердце, он идёт к буфетчику и читает стихотворение «Мцыри». Очень подробно, с иллюстрациями и танцами. К концу чтения буфетчик в слезах. Он выбрасывает поварёшку и хочет воевать на Кавказе.

Когда Безруков увёл от меня Галину, я сочинил эпизод для сценария, полный мести. Мы снимали в июле, в жаре, и очень смешной показалась идея заставить героя бегать в парандже. Все обрадовались. Особенно, отвергнутые поклонники Галины обрадовались моей идее. Но Сергей Витальевич и тут выкрутился.

— Если лица не видно, — сказал он, — возьмите дублёра. Сэкономите.

Так приготовленный для него тепловой удар достался дублёру.

Профессия сценариста прекрасна. Можно издеваться над актерами, целое лето ходить в шортах. Или запереться в кабинете, три дня спать, потом выйти и сказать — не пишется! Иногда сценаристы собираются в стаю, чтобы сочинять хором. Сидят в ресторане, молчат, глаза стеклянные. Официантки приносят свежий чай. Я однажды отработал месяц в таком коллективе, мои почки стали чище хрусталя. После удара по ним был слышен приятный звон.

А ещё писал сценарии для сериалов... Не целиком, только диалоги. Продюсер сказал, нужно добавить иронии, чуть-чуть. Я родил двести страниц потрясающих открытий в области юмора. Шутки длинные, короткие, тонкие, ниже пояса, со вторыми смыслами, неожиданными финалами, избыточными метафорами и перевёрнутыми клише. Месяц не спал, питался чистым кофеином. Продюсер, пока читал, улыбнулся трижды. Сказал:

— Очень хорошо! Смешно, но нам вообще не подходит! У нас драматический фильм. А ты придумал водевиль.

В кино что ни сценарист, то неврастеник. В тридцать пятой серии, например, герои бегут из тюрьмы. Продюсер сказал, они должны сбежать элегантно. Нужны изящные детали. Главное, они не должны перелезать через забор. А в финале эпизода должен появиться грузовик, его участие уже оплачено.

Я три дня думал — *как и за что можно упечь грузовик*. Как-то же он должен попасть в тюрьму. Решил, пусть он случайно пробьёт стену. Допустим, буря, водитель заплутал в барханах, врезался и сделал проход. Позвонил продюсер, всё отменил. Сказал, что грузовик не перечислил денег. И надо выдумать другой транспорт для побега. Причём нам не подходят самолёты, вертолёты, машины, лодки, мопеды, верблюды, воздушные шары, рикши, ракеты и парусные колёсные яхты. На всякий случай, нужно не забыть о популярных в современном кино мистике и сверхсмысле. И особое внимание — внутреннему конфликту и мукам персонажа. И общая канва, скрепляющая восемь сюжетных линий, должна отчётливо проступить. В тот день мы с продюсером поругались навек, потом пошли в буфет, побратались и съели *строганов* с картошкой.

Ещё, я видел настоящего Куценко. Ходит по площадке как простой землянин в красном свитере. Женщины глядят на него безнадежными карими вишнями. А он пьёт чай и матерится...

Кате наша вечеринка понравилась, кажется. А на следующее утро меня отчитывал Кеша. Он спросил — какого рожна? Мы же договорились представить Некрасова. Но я устроил стенд-ап шоу и весь вечер не сходил со сцены.

— Чем больше ты будешь болтать, не давая говорить Алексею, тем более загадочной личностью он ей покажется. Так что, продолжай. Завтра она будет думать только о нём, а при виде тебя начнёт морщить носик, — сказал Кеша с раздражением, не соответствующим смыслу его речи.

— Ну, говорят, от ненависти до любви...

— Размечтался! В этом направлении женщины не ходят. В обратную сторону — сколько угодно. Некоторые могут за минуту добежать. Назови её новую причёску ущербной и такую страсть пожнёшь — хоть прикуривай.

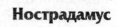

Нострадамус

лёша приезжает каждый день. Мы придумали легенду, объясняющую его присутствие в доме. Якобы готовим сценарий о Нострадамусе. Начало очень драматичное: в 1537-м от чумы гибнут жена и дети прорицателя. Мишель Нострадамус клянётся победить чуму, найти лекарство. Он входит в дома заболевших. Для людей он — бесстрашный борец со смертью. На самом же деле он сам ищет смерти. Но костлявая его не берёт. Ей скучно с теми, кто её не боится.

Проходит двадцать лет. Нострадамус прославился как врач и предсказатель. У него новая жена Анна и шестеро детей: Сезар, Магдалина, Андре, Анна, Диана и Шарль. Все ужасно разные. Старший Сезар изучает астрологию и любит отца искренне, мечтает повторить его путь. Диана ярая католичка. Называет родителя чернокнижником.

— Кара божья тебя настигнет! — кричит она.

Младший Шарль — прохвост, ищет способ заработать на отцовой славе. Выдаёт себя за наследника таланта, обогнавшего отца. И никто не знает, что настоящий и единственный в семье предсказатель — это жена Нострадамуса, красавица Анна Понсард Жемелье. Ей дела нет до грядущих потрясений. Она просто любит мужа. Стирает его рубашки и готовит настой от подагры — зверобой, лён, пижму и тысячелистник.

Мы работаем в гостиной, где вероятность встретить Катю самая большая. Заслышав её шаги, Алёша начинает говорить громче:

— Анна все свои предсказания делает во сне, после соития. Сама того не помнит. А Нострадамус за ней записывает и утром выдаёт её пророческие стихи за свои видения.

Я знаю законы любовной драмы. Болтовня во сне, пусть даже пророческая, не прокатит. Я горячусь:

— Нет же! Она предсказывает наяву! Сама того не понимая, походя. Ей вообще плевать на будущее. Были бы дети здоровы. Она не сочиняет, а лишь играет в буриме. Пока посуду моет. Но муж понимает, её дар ниспослан свыше. Он просит: «Ань, ну очень надо, я Генриху восьмому обещал! Король же, неудобно! Он перед сном читает мои... то есть, наши стихи. Если ничего не принесём, Генрих перекинется на этого шизофреника Данте!..»

Анна ставит кастрюлю, говорит: «Ну ладно, сейчас посмотрю». Закрывает глаза и гонит пургу, наугад расставляя рифмы.

— Итак, — говорит она, — год две тысячи четырнадцатый:

> Голуби в клетке, счастлив король,
> Снята молитвой сердечная боль,
> Изгнан предатель содружеством стран,
> Смиряя гордыню, плачет тиран...

Предсказатель аплодирует и смеётся.

— Ну хватит, Мишель, ну это же глупо! — говорит Анна, смущаясь.

— Что ты! Это прекрасно! Ещё, ещё! — кричит Мишель, заливаясь. Он хватает тетрадь и торопливо записывает, ставя кляксы.

Некрасов меня перебивает. Он упрямо гнёт своё, тупица:

— Нет! Она не помнит предсказаний! Она во сне, после соития... У неё с головой не в порядке. Утром Мишель выдаёт её стихи за свои, и Анна смотрит на него как на бога...

— Видишь, в чём разница! В моей версии Нострадамус любит жену! А в твоей — пользуется её даром и её любовью! И позволяет любить себя! Получается, у тебя он — корыстный мерзавец! А у меня — восхищённый обожатель!

Моя эскапада обращена в основном к Кате, но она не слышит. Я плохо рассчитал скорость её приближения. Она только сейчас входит в гостиную, улыбается Алёше. А на меня даже не смотрит. Мой энтузиазм пропадает. Я ухожу ставить чайник.

Пикник

Число увлечённых Катей мужчин растёт с неприятной скоростью. К гонке подключился миллионер Семён Борисович. Поскольку именно его «лексус» и перстень легли в основу мифического Алёшиного состояния, не впустить Семёна Борисовича в дело оказалось невозможным.

— У меня дача рядом, приезжайте на шашлык! — сказал он.

Семён Борисович строил меленькую дачу, но всё равно получился дворцово-парковый ансамбль с замком, речкой, фонтаном и французским садом. Он устроил для нас вечеринку. Тихую, скромную, только для своих. Копчёный осётр, бариста с кучей оборудования, в зелёной беседке прячется джазовый оркестр, без которого пикник — не пикнк. Официанты носят шампанское, жаровня похожа на серебристый паровоз, вся в манометрах и трубках. Капитан жаровни с грузинским носом смотрит на приборы и крутит штурвал. На роль шашлыка пригласили цельномаринованную свинью. Периметр охраняют пылесосы-убийцы. Они всасывают мух, комаров, а если какой кролик прыгнет выше обычного, то и ему крышка. Удивительно, как преображается простая мухобойка, попав в руки японских инженеров. В пузике у монстров — я заглянул — вентилятор, провода и молнии. Жертвы сгорают мгновенно, не успев понять, откуда в родных кустах этот чёрный тоннель без света.

И вся эта круговерть, лишь чтобы увидеть Катю. Семён Борисович обеспечил прикрытие — позвал четырёх своих директоров с жёнами. Они глядят на богача влюблённо и хохочут от его шуток что есть сил. Кто первый от хохота упал в траву — тот и молодец. Ну и Катя привела своих полуголых подруг, рыжую и зелёную. Некрасов тоже явился не один. Притащил театральных приятелей, облезлых и голодных. Разрешил им есть впрок. За это наймиты должны были сносить заранее приготовленные колкости.

Я поковырял осетра, плюнул в фонтан и ушёл подальше от компании. Заложил широкий круг вдоль забора. Навстречу с пихт и елей взлетали немногие уцелевшие комары. Такие же одинокие и затравленные, как я, они вызывали сочувствие. Не настолько острое, впрочем, чтоб поить их собой.

Своих домашних насекомых я убиваю сам. Я сам защищаюсь от явлений природы. Девчонки от них лишь визжат. Им что стрекоза, что тарантул — всё одинаково страшно. Кот насекомых различает, но из всей палитры предпочитает исключительно мух. Наверное, за то, что они богаты белком и весёлые. Скучные худые комары достаются мне.

Ос когда-то ловили вместе. Кот прыгал вверх элегантно, хватал осу осторожно, чтоб не ужалила. У меня был другой подход. Я не против ос до тех пор, пока они не объявляют мою черешню своей собственной. Тут я встаю из кресла и требую поднять мне веки. У меня прекрасный замах и резкий, с выдохом удар. Я многому научился, вожделея Марию Шарапову на канале евроспорт. Если точно рассчитать, оса не успевает понять, откуда в небе тапок.

Как-то раз мы с котом погнались за одной осой. Мы оказались на равном расстоянии от нее. Федосей прыгнул, я взмахнул и — хрясь! Прямо в бедную кошачью морду. Кот впервые тогда сказал матерное слово при детях. С тех пор он ловит только мух. Иногда ещё пауков, сошедших с небес на землю. А на всё полосатое и жужжащее у него теперь идиосинкразия.

Вернёмся к комарам. Прогресс создал сетки на окна и генераторы зелёного дыма. Но все эти хитрости нужны слабакам, умеющим вспомнить, зачем припёрлись в магазин. Мой метод создан настоящими мужчинами ещё в каменном веке. Я ложусь голым поверх одеяла лицом к опасности и жду. И выставляю перед собой ладони, как опасный Буратино. Моя поза не означает, что я дурак, хоть и не отрицает этого.

Комары видят во мне еду. Им и в голову не приходит, что на самом деле я — смертельная ловушка. У меня огромный опыт и тысячи побед нокаутом. Я знаю все их повадки, могу притворяться парализованным и вкусным одновременно.

Комары тоже бывают разные, впрочем. Большинство — опрометчивые нахалы. Садятся, жрут и тут же гибнут. Но встречаются среди них и тревожные подлецы. В борьбе с такими мне мало выглядеть равнодушным. Нужно стать бревном, дышать как бревно и думать как бревно. Я всё это прекрасно умею. Внешне сонный и вялый, я способен молниеносно шлёпнуть себя по морде. И, конечно, это самая беспокойная фаза моего сна.

К утру приходит посттравматический синдром. Две бездушных дряни, синестезия и сенсибилизация, дурачат мои осязание и слух. Враги давно мертвы, а я всё хлещу себя по лицу и по плечам, не могу уняться. Всё чудится, они пищат и приземляются, пищат и приземляются. Индейцы Гондураса называют такое расстройство «юпутка», что значит «бежать по лесу, ощущая прикосновения призраков». Так вот, после войны за сон меня мучает юпутка. Хорошо хоть осы по ночам не летают. Засыпать, всласть нашлёпавшись ос, было бы ещё труднее.

Воображение — удивительная штука. Я вдруг представил, как лежу в незнакомой спальне, шлёпаю комаров. За окном этакая летняя северная полу-ночь. А рядом Катя. Свернулась и спит. Из-под одеяла только нос виден. Зато какой нос! Прекрасный, обгоревший, конопатый. Воссоздать по нему всё скрытое под одеялом проще, чем по пятке донны Анны. Мне страшно нравится тот диалог дона Гуана и Лепорелло.

Дон Гуан:

Её совсем не видно
Под этим вдовьим черным покрывалом,
Лишь узенькую пятку я заметил.

Лепорелло:

С вас довольно. У вас воображение
В минуту дорисует остальное;
Оно у вас проворней живописца,
Вам все равно, с чего бы ни начать,
С бровей ли, с ног ли...

Я закрыл глаза и правда увидел кудри, веснушки, ключицу, колено. Попу увидел, а как же без неё. Очень скоро воображаемая Катя предстала такими мелкими подробностями, каких, возможно, на ней и нет. От драконов вряд ли, а от комаров я бы точно её защитил.

Стал представлять дальше, как она просыпается. Потягивается, чмокает меня в щёку. Потом завтрак. Не такой, как сейчас, приправленный сарказмом, а весёлый, с мытьём костей общим друзьям и планами купаться после обеда.

Я открыл глаза. Видение не пропало. Тряхнул головой. Созданная воображением красота шла ко мне по гравийной дорожке и улыбалась. Настоящая Катя шла ко мне. Одна, не спеша, куталась в шаль. Наверное, хозяин одолжил в честь прохлады. Сюда она приехала без всяких одежд из прошлого века.

— А чего вы тут один? Хандра напала?

Сказала так и села рядом. Лет через двадцать, если захочется её вспомнить, буду вспоминать вот такой, глядящей серыми, невозможными глазами — прямо на меня.

Чтобы обрести надежду, мужчине нужны сорок пять секунд. Этого времени хватает для нескольких наблюдений и одного вывода. Наблюдения такие:

1. Катя не случайно сюда пошла. Наверное, меня искала.

2. Когда увидела, то улыбнулась. Люди просто так не улыбаются. Например, я сам никогда так не поступаю.

3. Она подошла и села рядом, хоть места вокруг навалом.

4. Сидит уже почти минуту.

Вывод очевиден. Фортуна повернулась ко мне передом. Детей мы назовём Таня, Женя, Андрей и Светлана Севастьяновна. Катя рассказала, как дела в миру. Зеленоволосая Жанна немножко выпила и упала в фонтан. Алёшины друзья прыгнули следом и теперь там конкурс мокрых дураков. А Катя сбежала, чтоб её не затолкали. С них станется.

Я не понимал, о чём она говорит, смотрел на её лицо, губы, волосы. И улыбался, как настоящий, с огромной справкой идиот. И тут из кустов полезли гости. Свита догнала свою принцессу. Орава увидела нашу скамейку, развернулась и пошла фалангой.

— Ага, сумерничаете? Дай-ка я присяду, — сказал Алёша и влез между мной и Катей. Сволочь. Никаких представлений о принципах рассаживания. Если скамейка трёхместная, то девушка должна сидеть в центре. Только так она может выбрать, кто ей роднее. Удивительно, с какими мерзкими типами приходится сотрудничать. Если бы не мозгокрут Кеша, в жизни бы не связался.

Алёша пошутил, Катя рассмеялась. И прижалась к конкуренту, склонила голову, а он к ней. Вроде невинно, но где, скажите, эта грань между невинностью и бесстыдством? На красиво выгнутую Катину шею сел комар. Потоптался, прицелился и ввёл хоботок прямо в сонную артерию. Она комара не чувствовала. Выброс эндорфинов у неё, как же. А я всё видел и молчал.

Июль, жара

Л иза первой укатила на маленькой своей машинке. Кеша тут же скис.

— Чем чаще они обижаются, тем быстрей приходят в себя, — сказал он мне, хоть я ничего такого не спрашивал.

Возвращались порознь. Некрасову повезло, к нему в машину уселось всё самое приятное — Катя и подруги. Мне достались угрюмый Раппопорт и пьяные театралы. Прощаясь у трамвайного кольца, они меня обнимали, трясли руки, звали на премьеру. Велели звонить какой-то Клавдии Степановне. Услышав пароль «Я от Коли», эта женщина теряет контроль и мечет в просителя лучшие билеты. Телефона не оставили. Тут из-за поворота вырулил трамвай, господа артисты побежали в его сторону неровными зигзагами.

— Всё-таки я гений, — признался Кеша, глядя вслед театралам. Он сам не ожидал такого успеха. Катя проваливается в Алёшу, будто не психология ею руководит, а сама судьба.

— Может даже, у них выйдет продержаться года три, — сказал мозгоправ.

Увлечённые интригой, мы позабыли, что у нас не треугольник любовный, а целый параллелограмм. Вдруг приехал Генрих. Его манера парковать авто поперёк проезда теперь показалась мне милой.

Возвращается муж из командировки — дома пусто. Жена телефон не берёт, вместо неё два мужика в доме. Неудивительно, что у мужа мрачное лицо.

Я представил Генриху Иннокентия. Дескать, светило гештальта, мастер суггестии, лучший в Прибалтике толкователь сновидений. Если приснилась свадьба или ещё какой кошмар — всё к нему. Хлопком в ладоши погружает в транс военных эпилептиков, оперных истеричек и африканских носорогов. Может вернуть нервное равновесие одной лишь доброю улыбкою. Генрих отказался.

Кеша назвал меня балаболом, отправился готовить кофе. Он считает, это лучший способ разрядить неловкость. Выбрать калибр помола, досыпать сахар, капнуть в жезву три капли холодной воды и напряжённо следить за пенкой... Ему точно было интересно. А нам — всё равно неловко. Я заговорил на общие темы:

— А мы тут на пикник ездили. Шашлык был... Осётр... Катя скоро приедет. Наверное. В магазин заскочила.

— Да-да, конечно, — сказал Генрих. На чемпионате траурных голосов он точно стал бы чемпионом. Кеша поставил перед ним чашку. Сказал, что приготовил кофе по особому колумбийскому рецепту. Наврал, конечно. Генрих молча положил сахар и ложкой вращал с таким дребезгом, будто не размешивал, а сверлил.

Мне нравится, что не я один мучим этой женщиной. Страдающий Генрих — вот название картины, которую я бы повесил над кроватью.

— Что же вы не предупредили Катю о приезде? — спросил Иннокентий как бы с сочувствием.

— Сюрприз хотел устроить, — ответил игрок.

— Не сомневаюсь, она обрадуется.

Вдруг хлопнула дверь, в прихожую вошли. Генрих повернулся на звук и засопел. Раппопорт уставился на Генриха. Он психолог, изучает поведение обманутых мужей в ареале их обитания. Я стал смотреть на

Кешу. Мне интересно, как учёные исследуют дикую фауну. Мы слышали Катин смех, голоса подруг и заливистый фальцет Некрасова. Господин артист рассказывал очередную байку.

Прошла долгая, долгая минута — и они ворвались. Сперва зелёная подруга, за ней рыжая. С хохотом и визгом. Потом Катя, тоже оскорбительно весёлая. Алёша вошёл худшим из способов. Он смотрел под ноги и говорил, говорил. Не видел диспозиции, опустил руку на Катину талию. Спокойно и привычно. Вошедшие увидели Генриха и замерли. И сразу поняли — всё очень плохо.

Катя первой очнулась, порхнула к мужу, чмокнула в щёку, повисла на шее. Зря она ушла из театрального. Преподавателям стоило бы удерживать её насильно, цепями и угрозами. К пенсии гордились бы, что воспитали гениальную актрису.

Она щебетала легко и ласково. Будто не было той страшной секунды, когда бывший встретился с будущим и оба это поняли. Все поверили, даже я, — неловкость лишь почудилась. На самом деле поведение всех присутствующих, все мысли и намерения — всё очень, очень пристойно.

Как же легко они нас обманывают! Восторг и ужас! Катя строчила без пауз, будто заговаривала несчастье. Но выглядело, конечно, будто она страшно соскучилась.

— Мы были на пикнике у одного богача, милейший дядька, всех любит. Шашлык готовит божественный. А это Алексей Некрасов, познакомься. Актёр нашего театра. Алёша вместе с Севастьяном готовит пьесу о Нострадамусе. Он будет режиссёром и сыграет Генриха восьмого. Мне, представляешь, предложили роль! Даже не знаю... Здорово?

Генрих кивнул. Конечно, здорово. Столько мужиков вокруг. Актёр-режиссёр, хромой психолог, увалень-писатель. Ещё какой-то миллионер, повелитель шашлыка, на втором плане. Не хватает только предыдущего мужа по фамилии Иванов, для коллекции.

Всем стало весело. Мы пили вино, играли в психологические игры, которых у Кеши в голове ровно миллион. И только Генрих был мрачен. Он знает триста невербальных способов сказать гостям «до свидания «Он зевал, спрашивал, который час, замечал, что на улице прекрасная погода для прогулок и не хочет ли Катя пройтись перед сном. Интересовался ужином, ковырял золу в камине, мыл посуду, уходил наверх, потому что устал, и снова возвращался. Катя сделала бутерброды, что в переводе с языка молодожёнов значило «не будь засранцем». Дом гудел. Алёша захмелел, тряс светлым чубом, строил смешные рожи и много жестикулировал. Рыжая и зелёная подруги смотрели на него влюблённо. Кеша хохотал, поправлял хромую ногу, просил рассказывать ещё.

Комментарии Генриха стали желчны. Он готовился к скандалу. На него всё равно не обращали внимания. К ночи его взгляд уже оставлял в душе такой холод, какой бывает, если целовать взасос могильный камень.

Мне стало его жаль. Я поднялся, сказал «какие вы все клёвые!» и ушёл спать. Хотелось, конечно, чтоб Катя смотрела мне вслед. Вдруг обернулся с лестницы, — она глаз не сводит с Некрасова. А чтоб вы все тут лопнули.

Следующую неделю я просидел в кабинете, отключив телефон. Написал десять тысяч слов. Стёр. Написал ещё три тысячи. Снова уничтожил. Купил в подарок коробочку дорогого гватемальского кофе, поехал узнавать, как проходит соблазнение. Раппопорт, меня увидев, выгнал из кабинета очередную плачущую женщину. Настроение у него было отличное.

— Елизавета Вторая? — спросил я.

— Не-не. Даже не сравнивай. Лиза — это Лиза, — сказал он и поднял палец.

— Хорошо. Перейдём к главному. Как скоро падёт крепость по имени Катя?

— Всё отлично, — рассказал психолог. — Она с Генрихом ещё не рассталась. Даже не поссорилась. Но он её ревнует, значит, дни сочтены.

— А вдруг, наоборот, начнёт ухаживать с утроенной силой, снова очарует? Тогда хана нашим планам.

— Нееет! Чем больше будет стараться, тем верней проиграет. Ревнующий мужчина не обаятелен, не остроумен. И чем сильней его ревность, тем скучней.

— И так, когда победа?

— Нам нужен решительный бросок.

— Может, вернёмся к идее любовного зелья? Ты же можешь, я знаю. А ещё лучше, пусть наш Ромео заколет Катиного брата! Дуэль со смертельным исходом очень развивает отношения. Мировая литература так считает, и я ей доверяю.

— Нет, не надо увечий. Но принцип верен. Алексей должен стать героем.

Колесо

лан, в котором Некрасов избивает хулиганов с помощью таинственных восточных практик даже не рассматривали. Раппопорт предлагает безыскусную замену пробитого колеса. Это самый доступный способ прослыть настоящим мужиком. Ждать милостей от дорожных гвоздей мы не могли. Наняли гопника, поручили проткнуть левое переднее колесо. Дальнейшее должно было выстроиться само собой. Катя видит заколотое колесо. Она потрясена, почти рыдает. Тут из-за угла выплывает Некрасов на сером в яблоках «лексусе». Он улыбается широко и снисходительно. Трясёт белокурой шевелюрой, рассыпает шуточки про женщину и карбюратор, Катя млеет от его маскулинности. Некрасов достаёт огромный, сверкающий до мурашек домкрат и ну помогать. После ремонта, в котором Алёша показал бы пластику ягуара, — ресторан. Там он объясняет: крутить колёса его научили во Французском легионе, где он воевал с потомками алжирских пиратов. Эту историю я слышал от одного знакомого сутенёра. Якобы тот служил наёмником в Сербии, потом поступил к «диким гусям», подрался с чернокожим капралом, в драке отрубил ему руку саблей, сбежал, переплыл пять пограничных рек, перешёл через Альпы и теперь опекает падших женщин. Ночью, в узких улочках Риги. История странная, но женщины верят.

— Да что ж тебя так тянет к беллетристике? — спросил Кеша.

— А, — говорю, — это я всю неделю книжку писал.

— И как?

— Всё пришлось выбросить.

Раппопорт похлопал меня по плечу.

— Правильно сделал. Продолжаем разговор. После ужина — прогулка вдоль моря. После свежего воздуха вино, камин, родство душ перерастает в сплетение тел. Наутро Катя понимает, какой Генрих зануда и насколько Алёша, в сравнении с ним, весёлый обаяшка. Затем две-три недели страсти, Леша бросает Катю и — вуа-ля! Дом свободен! Семён Борисович получает диссертацию, Лёша деньги, тебе достаётся ведро антидепрессантов, а мне — всемирная слава.

Операцию тщательно продумали. И целых полторы минуты всё шло как надо. Серый человек в серой кепке присел у колеса, но тут же вскочил и убежал. Покрышка зашипела и сникла. Правда, не та, на которую договорились. Хулиган убил правую заднюю. Он думает, мы барсеточники. Водитель пойдёт осматривать колесо, мы в это время сопрём сумку, подумал гопник. У нас же были совсем другие планы. Мы сидели поодаль в арендованной машине с очень тёмными стёклами, ждали, когда Катя выйдет, заплачет, а мы её утешим. Алёша прятался за углом, нервно грыз воображаемые удила. Лишь только Катя расстроится, Кеша звонит Алёше. Тот показывается и возвращает в мир гармонию.

Я говорил, хорошего хулигана за пять латов не наймёшь. За такие деньги он непременно что-то перепутает. Переживая за исход мероприятия, я лично смазал болты на всех колёсах. Мы купили Некрасову лучший из домкратов и сияющий ключ с раздвижной ручкой. На солнце принадлежности сияли так, что могли бы использоваться для ослепления самолётов. Купили также белоснежную майку и нежно-голубые джинсы. Алёша спросил, что будет, если он посадит пятно.

— На это и расчет! — ответил Иннокентий. Грязь на белоснежной майке женщину пронзит насквозь. И чем ярче будут отпечатки, тем лучше. Кате должно стать неловко.

Мы прекрасно подготовились. Но гопник проткнул не то колесо. Я бы его заметил. На такое сдутое, дряблое колесо нельзя не обратить внимание, решили мы с Кешей. Любой мужчина бы содрогнулся от его вида. Но Катя вышла из парикмахерской, села за руль и давай чавкать резиной по асфальту. Весело и резво. Необычную тряску она списала на дорожные неровности, видимо.

— За ней! — скомандовал Кеша и озвучил пару наблюдений о дружбе женщин с техникой. Наше корыто не завелось. Прокатная контора подсунула нам покойничка. В отличие от Кати, мы разбираемся в технике и сразу сделали несколько важных предположений.

— Скорей всего, бензонасос, — сказал я.

— Или свечи, — возразил Кеша.

— А может быть, кстати, клапан бензопровода. Там предохранитель нужен на шесть ампер. Если сгорел, то всё.

— Удивительно. Она не разбирается, но уехала. А мы всё знаем — и стоим.

Стали звонить Некрасову. Он сбросил звонок, просто приехал. Выскочил, прошёлся вдоль пустой улицы с ключом и домкратом. Идиот. Заметил нас, побежал через дорогу. Раппопорт замахал рукой, желая прогнать жениха назад, к машине.

— Уехала она, уехала! — кричал он. — Давай за ней! Нет! Стой! Нас возьми!

Катя проскакала пять кварталов и всё-таки почуяла неладное. Когда мы её нашли, незнакомый толстяк с красной шеей уже откручивал её «фольксвагену» копыто. Кажется, чтобы выйти замуж, ей достаточно выйти на улицу и щёлкнуть пальцем. Мы остановились поодаль, стали любоваться. Катя казалась тихим ангелом, земершим на краю океана, где вместо воды — грехи и опасности. Беззащитная такая, ранимая. Алексей запыхтел, ему не нравился добровольный автослесарь.

— Выглядит смущённой, — сказал он.

— Ей неловко за избыточно прекрасные ноги, — предположил я.

— Удивительно всё-таки, как одной лишь позой женщина выражает целую страницу психологического текста, — заметил Иннокентий. Он совсем не расстроился. Он обязательно что-нибудь ещё придумает, на мои деньги.

— А что, на фразу «ищу спонсора» психологи расходуют целую страницу?

— Ты, Севастьян, грубишь, потому что ревнуешь. В её позе множество смыслов. Я вижу сразу три только в глазах и положении плечей. А есть же ещё талия. И ноги, кстати.

— Озвучь, пожалуйста, смыслы. Интересно.

— Изволь. Первый — благодарность. Катя глазами показывает, какой молодец этот добровольный Винни-Пух. В следующей жизни он родится милым тушканчиком. Второй смысл в плечах — чопорная гордыня. Она знает, как действует магия её красоты — колесо само собой поменяется на исправное. Третий, самый точный смысл, в наклоне головы — снисходительность. Катя разрешает этому человеку менять колесо. Таких хоббитов тьмы и тьмы. Все с домкратами и баллонными ключами. А она — одна.

— А ноги?

— Он на них смотрит. Думаю, он будет помнить эти двадцать минут у этих ног, пока дядюшка Альцгеймер не постучится в черепушку. Заметьте, она подошла достаточно близко, чтобы мужчина впал в транс. Но не настолько, чтобы он потерял сознание. Лишь колесо встанет на место, она сделает шаг назад — и толстяк очнётся непонятно где, на обочине, в странной позе.

Всё так и вышло. Конечно, она улыбнулась и что-то приветливое сказала спасителю. На прощание. Потом села и уехала. А он остался стоять с перемазанной рожей. Вот так и со мной будет. Однажды утром я её не увижу — и всё.

Передумал гадить

иллионер Семён Борисович захотел узнать, как всё прошло. Не-не, говорит, по телефону не надо, встретимся за ужином. Настроение у всех было — так себе. В честь итальянской пьесы, с которой всё началось и в которой женщины куда менее капризны, Некрасов заказал кьянти и пасту. По лицу его было видно, насколько здесь не Италия. Раппопорт пилил стейк так, будто это плоть того красавца из института физкультуры, что увёл первую Кешину любовь. Кеша сказал:

— Жирная пища подавляет депрессию. Свинина — лучший наш друг в минуты неудач.

Я заказал утку в медово-томатном соусе. Ждал долго. Принесли какую-то мумию ящерицы с помидорами. Не знаю, сколько протянет мир, в котором так ненавидят уток.

И только Семён Борисович был весел. Хлюпает свой сырный суп. У него диета. Он хочет нравиться юным шалавам не одним только кошельком.

— Что думаете предпринять? — спросил богач. — Может, всё-таки организуем нападение? Мои охранники — золотые ребята. Могут сами себя оттдубасить, но со стороны покажется, будто всех положил Алексей. Очень достоверно.

— Нет.. Катя не купится.

— Тогда пожар? Никто не знает, этот дом застрахован?

Миллионерский масштаб завораживал. Я хотел в шутку предложить землетрясение и цунами, но Семёну Борисовичу могла понравиться идея. Непонятно тогда, как отговаривать.

— Предлагаю свернуть проект, — сказал я.

— Чего это? — обиделся Лёша.

— Потому что надоело. Надо книгу сдавать, а у меня ведро черновиков. И не в обиду Алексею, признаков успеха я не вижу. То есть, признаю, Алёша был хорош, но — не сработало. Да и нехорошо всё это. Подло.

— А я считаю, мы правы и дела идут хорошо, — упёрся Некрасов.

— Послушайте, я всё затеял. А теперь передумал. Как заказчик проекта, я его закрываю!

Раппопорт отложил вилку, посмотрел синим взглядом и сказал:

— Ты ревнуешь. Это значит, дела идут отлично. И, вопреки твоему больному разуму, я рекомендую продолжать. Все согласны?

Леша и Семён Борисович кивнули. Я встал и взмахнул рукой для убедительности.

— Тогда я объявляю предприятие банкротом! Никто не получит ни копейки!

— Ну, Севочка, деньги вообще не проблема! — заметил любитель психологии Семён Борисович.

— А я всё Кате расскажу!

Иннокентий азартно хлопнул в ладоши.

— Не расскажешь! Ты втрескался по самое это самое. Развенчание интрижки — самоубийство. Расскажешь — потеряешь её навсегда!

В ответ я сказал такое, чего сам от себя не ожидал:

— Только попробуйте её обидеть. Зарежу! Всех троих!

Повернулся и ушёл. И ящерицу-утку доедать не стал.

Странное

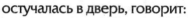остучалась в дверь, говорит:
— Скажи: «Выходи за меня замуж».
— Выходи... нет, стой. Чего это?

— Всё понятно, — говорит она и уходит вниз. Я хожу по комнате, сажусь, вскакиваю, дёргаю себя за нос и уши. Открываю окно, там дождь. Выставляю голову под капли, делаю пять глубоких вдохов. Потом спускаюсь в кухню, подхожу, встаю на колено.
— Катя, выходи за меня замуж.
— Не выйду.

Тут я поднимаюсь, тоже говорю «всё понятно» и возвращаюсь в кабинет. В этот день я точно ничего больше не напишу.

Работа

жин Фаулер сказал: «Писать — легко. Нужно лишь сидеть и смотреть на чистый лист, пока на лбу не выступят капли крови». Конечно, это не так. Фаулер слукавил, сильно преуменьшив тяготы нашей профессии.

Во-первых, вы никогда ничего не напишете, если проверите почту или новости. Тут же встретится потрясающая информация о подорожании квартир в Гватемале. Потом сведения о концептуальной «тойоте», рейтинг купальников, мультик про кота и муху. Через шесть часов, измочаленный и злой, вы уйдете на кухню. Будете жарить картошку и рыдать от собственной никчёмности.

Теперь предположим, у вас стальная воля. Вы с вечера сломали телевизор. Вы настолько разумны и рациональны, что раздавили каблуком прибор — домик, в котором гномики добывают интернет. Сегодня (это клятва) вы напишете минимум пять слов. И пока они не напишутся, вы будете сидеть в этой позе, на этом стуле, перед этим монитором. Даже если придётся так просидеть остаток жизни. Скоро вы научитесь не замечать смены сезонов, соседей, тортов, семейных чаепитий. Станете путать утро с вечером и маму с папой. За обедом повадитесь говорить тексты своих персонажей, перестанете бриться, в чужих речах будете слышать только дурную стилистику. На стену приклеете два плаката. Один с главным правилом индийских литераторов:

«Сократить фразу на одну краткую гласную — такая же радость, как родить сына».

Второй — с пословицей, которая без единого местоимения, наречия и прочих паразитов описывает целую жизнь:

«В девках сижено — плакано, замуж хожено — выто».

По-хорошему, после этой пословицы все писатели мира должны бы прекратить писать. Потому что литературы совершеннее не бывает. Но мы всё равно пишем, ибо совести у нас нет.

Неспособность писать ведёт к истерикам и срывам. Домашние нас избегают и, выходя в коридор, приговаривают: «Кажется, ушёл». Вы угробите сердце кофеином и сигаретами, растолстеете. Если повезёт, не слишком прославитесь. Потому что с популярностью приходит абсолютная немота. И подбор нужного слова превращается в роды корабельного якоря.

И всё лишь затем, чтобы получить десяток писем от поклонниц. Каждая назовёт вас гением, признается, что жила во тьме, но теперь всё расцвело и колосится. Вы перевернули жизнь, впустив в неё свет. Во втором письме читательницы расскажут забавные факты из своих молодостей. В третьем дружно спросят, какие женщины вам нравятся. Через два месяца и триста посланий все они назовут вас лжецом, мерзавцем и самовлюблённым павианом. Потом *спросят* прощения. Снова расскажут о себе, уже поинтимней, иногда с фотографиями. И так по кругу. А что вы не участвуете в переписке, они даже не заметят.

Мне повезло. Я совсем не знаменит, и жизнь моя летит непонятно куда. Это лучшие условия для творчества. Я отменил завтраки в гостиной, снова отключил телефон. Наушники снимал только к ночи. Прислушивался. В Катиной спальне было тихо. Я вздыхал, писал пальцем на стене «Катя» и засыпал.

Драка

Как прошли эти недели — совсем не помню. Спал днём, по ночам тушил курицу, пил чай в промышленных масштабах. Если было жарко, надевал мокрую майку. Открывал компьютер и проваливался в измерение, где люди ссорятся без злости, а красавицы симпатизируют чудовищам. Где все любят всех, даже меня. Потом перечитывал, стирал половину или всё. Ел, спал, снова работал.

Но однажды раздался сильный грохот, разбивший мою трансцендентность. Этот рокот ощущался хвостом. Так аквариумные рыбки чувствуют землетрясение. Снял наушники — и правда, далеко внизу, у центра Земли, шло побоище. Крестоносцы врезались в ополченцев Александра Невского, и вот-вот начнётся охват с флангов. Крики, ругань, лязг железа, стены дрожат. С точки зрения военной доктрины, спешить не следовало. Прежде чем вмешаться, убедитесь, что противники насладились общением. Стороны должны утомить друг друга, тогда их легче мирить. С другой стороны, и медлить опасно. Немцы с новгородцами разнесут жилище, а мне ремонтировать.

Спустился вниз, увидел приятное — Генрих душит Алексея. Тот в ответ лишь царапается, как прижатая в сортире отличница.

Битвы следовало ожидать. Наш муж где-то пропадал и обнаружил вдруг, что свято место почти занято. Он зачастил со свиданиями, но поздно. Алексей прочно подружился с Катей. А теперь эти лоси сцепились. Уже опрокинули стол, смяли ковёр и вообще внесли в интерьер нотку хаоса. Разгар битвы был не очень зрелищен. Бойцы лежали на полу, крепко обнявшись. Яростный Генрих одолевал. Его позицию с некоторыми купюрами можно было назвать верхней. Алексей оказался достаточно вёрток, чтобы его не задушили, но и не настолько, чтобы сбежать. Катя металась, выкрикивая лозунги «прекратите!» и «как вам не стыдно!» Всё зря. Всем на свете женихам нравится друг друга убивать.

Я болел сразу за обоих. Множественные травмы средней тяжести украсили бы каждого из противников.

— Что ты стоишь, растащи их! — крикнула Катя.

— Зачем? Сейчас один прибьёт второго, и конфликт сам собой погаснет.

— Ты идиот?

— Когда это мы перешли на ты?

— Хорошо, вы идиот?

Она даже когда орёт, всё равно прекрасна. Кудри растрепанны, глаза сияют. И эти её коленки... Вроде бы скандал не должен влиять на восприятие, а всё равно мне кажется, сейчас они ещё красивее. Залюбовался даже. И подумал вдруг, чего мне терять-то. Если не сделаю сейчас, то потом повода не будет. Я быстро подошёл и поцеловал её. Не в ноги, конечно, в губы. Но довольно плотно. Она вырвалась, влепила пощёчину. Сказать ничего не могла, гормон возмущения затопил её речевой центр.

— Ты просила остановить битву, я выбрал самый лучший способ — нападение на обоз.

— Это кто обоз? Я обоз? — За право злить её каждый день я принимал бы по пять таких оплеух. Дерётся как девчонка, кстати. Но какие глаза! Какие вены на шее!

Дерущиеся остановились. Лежали на полу, смотрели на меня. Потом Алёша сбросил Генриха, встал, отряхнулся. Генрих тряхнул кудрями, потёр запястья.

Глянул искоса и вдруг ударил Некрасова в лицо. Тот упал на диванчик, опрокинулся и замер, ногами в потолок. Катя вскрикнула и бросилась к нему. Обрадоваться победе Алёша уже не мог. Сознание его оставило.

— Вон! Убирайтесь! Вон! Оба! — кричала Катя сквозь совсем настоящие слёзы.

— В расчёте, — сказал Генрих и пошёл к дверям.

Мне лучше, я тут живу. Повернулся и побрёл наверх. Траурное лицо было непросто сохранять, вечер мне страшно понравился. Конечно, триумфатором оказался Алёша. Схлопотав по морде, он взял приз «самый несчастный ухажёр». Теперь ему достанутся примочки, компрессы из таких лёгких пальцев, что любой замурлычет. Я старался не думать о неизбежном теперь событии. Совсем скоро в соседней спальне раздастся ненавистный его фальцет. А потом и ритмичные глухие шорохи. Надо было помочь его задушить.

Обоснование путешествий

Генрих пропал. Но Катя не уехала. Теперь она не то чтобы с Алексеем и не то чтобы одна. Беда в том, что я отчетливо боюсь её отъезда. Ходил советоваться с Кешей.

По какой-то сложной формуле доктор психологии высчитал два противоположных фактора. С одной стороны, всё прекрасно. До развязки три недели. Не больше. С другой стороны — моё присутствие грозит предприятию. И лучше бы меня удалить на время.

Мне льстили его научные данные. Приятно считать себя помехой чужой любви. Но уезжать я отказался. В конце концов, это мой дом. Именно меня нужно оставить, а уедут пусть все другие. Если Кешины стратегии вступили в борьбу со здравым смыслом, то я с радостью покажу на примере Раппопорта, как именно Генрих душил соперника. Пять минут физических упражнений улучшат кровоснабжение психологического мозга.

— Вот видишь, ты агрессивен. Поэтому лучше уехать. Пойми, остолоп, влюбить Катю в тебя невозможно. Как ни крутись, выйдет по-моему. Она втрескается в Некрасова, потом разочаруется — и всё. Ты останешься в своём дворце с умеренно разбитым сердцем. Это лучший выход. Аллилуйя.

— И куда мне ехать? В хрущёвку?

— В путешествие.

— Не поеду.

— В Прагу.

— Не поеду.

— Семён Борисович даст «лексус».

— А ему это зачем?

— Мы договорились написать диссертацию по результатам нашего перфоманса. Он станет доктором психологии.

— Передай, пусть засунет свой «лексус» себе куда-нибудь поглубже. В диссертацию. Метафорически, конечно. Только вежливо передай. Пусть распилит на удобные части — и аккуратно так засунет.

Кеша покачал головой. Его расстроило моё упрямство. Я же скрестил руки и ноги в знак твёрдости. Кеша теребил свой выразительный нос. Он всегда так делает, собираясь кого-то надуть. Натеребившись всласть, заговорил лицемерным тоном:

— Я понимаю, ты надеешься на её взаимность. Но давай честно, последним чудом было воскресение Лазаря. С тех пор ни поклёвки. Что ты ей предложишь? Стать героиней твоих литературных потуг? Смешно! Её интерес к тебе объясним. Ты месяц ходил по пятам, сопел плотоядно и вдруг всё бросил, заперся в кабинете. Конечно, девушке стало любопытно. Но стоит тебе вернуться в гостиную — всё пустится на круги своя. Она тут же остынет. Мгновенно. Если на то пошло, ради микроскопической надежды на её интерес тебе стоило бы уехать. Хочешь, я сам отправлюсь с тобой? Обещаю всю дорогу разговаривать только о ней. Рассчитаем в процентах вероятность твоего с Катей счастья. Она всю неделю будет о тебе скучать. А ты, наоборот, развеешься, заграницу посмотришь... Поехали, ну?

— И сколько мне торчать в твоей Праге? Месяц? Год?

— Неделю. Потом — двигай куда хочешь.

— Что изменится за неделю?

— Потом она улетает в Ниццу. Алёша выиграл участие в каком-то театральном фестивале. Она летит с ним. Сева, о тебе же забочусь. Чтобы не превратиться в героя криминальных хроник, не капризничай, уезжай.

— Тем более не понимаю. Если у них всё прекрасно, зачем мне куда-то тащиться?

Кеша посмотрел внимательно, снова схватился за нос.

— Есть проблема. Некрасов заигрался и сам втрескался. И, как всякий влюблённый идиот, он становится уныл. У него собачьи глаза и слюна капает. Кате с ним скучно. Того и гляди, она его спровадит. То есть, она его и так спровадит, но сейчас рано.

— Вот теперь я точно никуда и не поеду.

— Ну и отлично. Молодец. Этого я и добивался.

— Не понял?

— Ничего. Не важно.

— Нет, ты скажи.

Тут Кеша принял загадочный вид и совсем замолк. И совершенно непонятно стало, как надо действовать, чтобы ему навредить.

Поехали

В самом узком месте Латвию можно пересечь за сорок минут. Литву наискосок проскочили за три часа. А потом началась огромная Польша, где на лошади было бы быстрей.

Поляки содрали весь советский асфальт, символ рабства. Теперь кладут новый, демократический. Всюду пыль, дым, унылые паны с лопатами. По стране путешествует сумасшедший экскаватор № 5672. Да снизойдёт чума на его водителя. Он угнал рабочий инструмент и колесит по миру. Если бы дальнобойщики его поймали, он стал бы самым похожим на отбивную трактористом на свете. Обогнать его невозможно, он широкий и петляет. Навстречу петляют такие же трактора и за ними другие бедолаги. Мы нагляделись всласть на польскую природу. От зевоты болели челюсти. Я выучил зад экскаватора так, что смог бы рисовать его в полнейшей темноте, не просыпаясь, без бумаги и карандашей.

Путеводитель описал путь до Праги как двенадцать часов неспешной езды. И ни слова не сказал ни об армии литовских радаров, ни о польской бульдозерной хунте. К вечеру были под Вроцлавом. Кондиционер устал и отключился. Сколько ни били его по кнопкам, прохладу он не включал. Меня уже бесило всё — светофоры, люди, бессмысленность горизонтальных перемещений. Но особенно — крошечный мочевой пузырёк Иннокентия.

— Потерпи до Германии, а потом ещё чуть-чуть, — говорил я Раппопорту. В Чехии прекрасный выбор кустов. Рай для писающих мальчиков.

Измотанный жарой и дорогой, я и сам мечтал выключить мотор, упасть и долго, долго плакать. Тут-то Кеша и назвал меня шизоидом. Он выпил пива за обедом. Случайно, не желая никому зла. И теперь отказывался прекращать работу почек усилием воли. Он всего лишь психолог, а не йог. И тем более не японский кондиционер.

— Что-то давление растёт в глазных яблоках, — пошутил он.

— Хочешь об этом поговорить? — спросил я.

— Останови машину, гад. Не то лопну и всё забрызгаю. Не в космосе же несёмся.

— Шизоиды не знают страха.

— Слово шизоид не обидное. В психиатрии так зовут необщительных, угрюмых людей.

— Знаю я твои кустики. Будешь носиться, и нигде тебе не будет интимно. Если же вдруг всё сложится, во что я не верю, ты тут же закуришь, достанешь цыплёнка, помидорчик, и так бездарно пронесётся наша общая жизнь. Затем ты сядешь и заснёшь, а мне всю ночь лететь сквозь ночную Европу.

— Антуан Экзюпери так летал, летал — и прославился.

— Он плохо кончил. Лучше я останусь живым шизоидом.

Наш спор разрешил немецкий таможенный офицер. Это был настоящий *штурмбанфюрер*, устойчивый к жаре и монголо-татарам. Он остановил машину, подошёл и внимательно всё осмотрел. Спросил, нет ли у нас с собой наркотиков, оружия или пива хотя бы. Мы помотали головами. Немец нахмурил рыжие брови. «Хорошо бы сейчас пулемёт, для преодоления культурных различий», — подумал он. Вернул документы и пошёл прочь. Тут Кеша выпал из машины, закричал ему в суровую спину:

— Гебэн зи мир битте пописать, порфавор!

Офицер мотнул головой на польские ёлки. Так, одним простым жестом, солдат спас страну от потопа. Кеша засеменил, куда послали. Ровно в восемь аккуратное немецкое солнце село на пограничный столб. Писихолог задерживался. Возникло подозрение, будто он всё-таки взорвался и висит теперь, разбросанный по веткам, разноцветными тряпочками. Когда надежда на этот сюжетный ход переросла в уверенность, он всё-таки вышел из леса и сказал: «Поехали быстре, где там твоя Чехия?». В огромной Польше для него не нашлось укромного уголка. Так Иннокентий стал первым в мире человеком, пронесшим нужду через две страны в третью.

В Праге каменные улицы, небо, голуби. Всё, как у нас. Девки в шортах, знаменитое их вепрево колено всего лишь кратчайший путь к панкреатиту. Все эти города, соборы, кабаки, мосты и площади — всё однообразная чушь. Вдобавок, Кеша заявил, что назад я поеду один. Сам он из Праги полетит в Ниццу, руководить финалом пьесы. А мне с «лексусом» надо вернуться в Юрмалу. Получается: и машина, и Прага, и Кешины страдания были лишь способом избавиться от меня. Лестно и обидно.

Он подхватил сумку и отправился на какой-то сельский аэродром. Знакомые Кешины контрабандисты возят что угодно в любом направлении почти бесплатно. Буквально за мытьё полов. Они летают на списанном гидроплане «Аироне» времён войны Италии за Эфиопию. У самолёта три мотора «Изотта-Фраскини» и огромные поплавки для посадки на воду, на всякий случай. Приборов в кабине нет, пилот ориентируется по шуму ветра и астрологическим таблицам. Если Юпитер в третьем доме, например, полёт обещает быть успешным. В пути пассажирам предлагают интересные галлюцинации, вызванные гипоксией.

Пыльный автобус увёз Иннокентия куда-то на север. А назавтра он уже звонил, спрашивал, как будет по-голландски «немного хлебушка». Было слышно — вокруг плачут пьяные цыгане. На второй день прислал эсэмэску: «В Тулузе холодней, чем в Любеке». Видимо, его и впрямь возили по Европе, заставляя мыть полы. Добирался неделю. Загорел, отощал. Брюки его скукожились так, что стали шортами, а в глазах появилось что-то такое, пиратское. В аэропорту Жироны Кешу подобрала огромная русская женщина в трико. На маленьком «фиате» она привезла психолога в Ниццу. В пути наверняка надругалась. Но Кеша об этом молчит.

Все три эти дня я просидел в Пражской гостинице. Немного поработал. Много съел. Узнал, что двусторонний скотч по-чешски звучит так: «обоюдна лепидра». Разозлился, потом успокоился и поехал назад. В Дрездене свернул с автобана, чтобы ногами походить по настоящей Германии. Зашёл в кондитерскую, выпил кофе. И ради интереса набрал в навигаторе «Ницца, Франция, Приморские Альпы». Прибор нарисовал маршрут длиной в восемнадцать часов. Через Цюрих, Милан и Геную, которые звучат куда интересней чем «город Задов, Нижние Мымры и Выдропужск». Это значит, через восемнадцать часов я могу увидеть Катю. Мог бы. Теоретически. Я допил кофе, сел в машину и погнал на юг.

Цюриха не заметил. Солнце пересекло небосвод и ушло спать в Альпы. Пользуясь тем, что нежные приветы от фоторадаров придут не мне, а Семёну Борисовичу, я положил на педаль газа воображаемый кирпич и нёсся куда быстрей, чем в своё время Экзюпери. Через десять часов дорога вышла к морю где-то возле Сан-Ремо. Решил освежиться. Нашёл площадку, вышел, потянулся и сказал «эх!». Пока спускался к воде, совсем стемнело. Судя по грохоту, неспокойно было синее море. Итальянцы воду не подсвечивают. В Балтике метровая глубина достигается после часового шлёпанья по мелководью. Здесь же спускаешься вниз, как на лифте. Не отвесно, но крутовато. По невидимым камням дополз к чёрной воде. Выпрямился. Лигурийское море доходило мне до щиколотки. А потом как-то понял вдруг, что огромная волна уже рядом, а жизнь как бы позади. Будто набежала из темноты чёрная стена. «Уж лучше бы я не...» — успел подумать на прощание. Тут меня накрыло, перевернуло, насыпало в трусы камней для равновесия и высадило на берег. Никогда ещё чувство свежести не приходило так стремительно. Было очевидно: сегодня купаться уже не стоит. Я с детства мечтал окунуться в ту же воду, по которой плавал Одиссей. И вот, сбылось. Отличное море. Солоней Балтийского, но с камнями в трусах тонешь в нём как гантель.

В пять утра въехал в Ниццу, приблудился к заправке и заснул. Проснулся в полной уверенности, что какая-то кошка нагадила мне в рот. Было жарко, пыльно. Хотелось пить, есть, лежать горизонтально. Стал звонить Иннокентию, тот долго не снимал трубку. Потом соизволил. Сказал сонно:

— Алё?

— Привет отдыхающим! А вы в каком отеле остановились?

Иннокентий был настороже.

— Тебе зачем?

— Ну, так просто, в гугле посмотреть, какие у вас пейзажи...

— В семь утра?

— Не думаешь же ты, что я попёрся за вами в Прованс!

Абсурдность этого предположения была очевидна. Такое предположить может только параноик. Но Кеша как раз такой и есть.

— Ты что, правда приехал?

— Нет же. Просто у нас в Юрмале девять часов, разница во времени. Не учёл, прости. Ты название гостиницы скажи и спи дальше.

— Ты идиот, Свиридов. Маньяк. Разворачивайся и дуй назад.

Иннокентий завёл шарманку про «ничего у вас не получится» и «забудь её, тебе же лучше». Я нажал «отбой». Стал набирать смс:

«Дорогая Катя. Мне без вас тошно. Хотел заехать поздороваться, но подлец Раппопорт мучит меня, не говорит название отеля. У вас добрая душа, пожалейте меня, пришлите адрес.»

Повертел телефон в руках, сунул в карман. Ответа не было. Глупо было сюда переться. Особенно с моей любовью к путешествиям. Всё хреново. Я старался мыслить позитивно и жалел, что в ночном море не дал волне себя утащить.

Купил в лавке лимонад и круассан, вернулся к машине. Мимо протопали девицы в шортах. Посмотрели благосклонно. Всё-таки «лексус» — хорошая машина, сближает людей. Может, и не нужно сразу уезжать. Пару дней пошатаюсь, осмотрю пляж, музей Пикассо и океанариум. Назад поеду медленно и подробно, через Швейцарию, Австрию и прочие лечащие душу территории. А всякие заносчивые особи пусть живут с кудрявыми полудурками.

Целый день ел, гулял, глазел. К вечеру скис, возненавидел Приморские Альпы за бездушную чопорность и лицемерное счастье. Захотел домой, соскучился по прямым дорогам. Ещё у нас, чтобы не стать к вечеру хорошо прожаренным стейком, не обязательно весь день стоять под кондиционером. Плюнул на всё, сел и поехал. Без навигатора, приблизительно на север. Решил гнать, покуда хватит бензина. Пока не стошнит от бесконечных круговых движений. Потом найду мотель с *вот-такенными* клопами и буду спать двое суток.

Я снова нёсся с рёвом. Теперь уже прочь от моря, кривыми узкими дорогами. Покрышки визжали, встречные шарахались. Мне казалось, я великий автогонщик, впавший в ярость. По местным меркам, оказалось, я даже ничего не нарушал. Полицейские в мою сторону зевали. Задумался человек и едет не торопясь — думали они. Я же был уверен, всё закончится стрельбой и погоней. Может быть, даже арестом. В конце, как Бегбедер, сочиню в тюрьме книгу едких воспоминаний.

После Грасса вдруг зазвонил телефон. Номер не определился. Из тех, кто меня помнил, ни с кем говорить не хотелось. С другой стороны, могли звонить дети. На прошлой неделе, например, они сообщили, что нашли в лесу ежа, накормили кефиром, он тёплый и пукнул на прощание. Вдруг ещё что важное произошло. Я нажал кнопку ответа и от первого «аллё» полюбил мгновенно местный климат, путешествия, французов, море и прочую прекрасную ерунду.

— Ну и где вы? Я же жду! — сказала Катя.

— Катя! Я в Провансе! Я без вас усох. И волнуюсь, как вы там без омлетов.

— Они не умеют болтать яйца так художественно, как вы! Им вообще на меня плевать, кажется!

— А я в каких-то горах, но уже разворачиваюсь.

— Я звонила, вы не поднимали. Вы динамо, а не сосед.

(Поняли все! Она звонила! Но я убрал телефон в сумку, чтоб не спёрли. И не слышал! Дурак! Дурак! Счастливейший из дураков!)

— Катя! Я не динамо, я остолоп. Хотите расскажу про остолопа?

— Сева! Вы много болтаете. Это хорошо. Приезжайте. Я скучала.

Прованс

инансовое могущество моего папаши олицетворяла двухкомнатная квартира и зелёный «Москвич». Официально цвет назывался «кипарис».

— Ах, Франция! — сказала мама, узнав эту дизайнерскую автомобильную новость. Она считала всё зелёное и жёлтое «Москвичами», а красное — «Запорожцами». Она не понимала, где папа шутит, а где говорит серьёзно.

Ещё был огород с бесконечным запасом крыжовника. Мама применяла огород для воспитания меня. Взмахи тяпкой, верила она, привьют ребёнку любовь к тыквенной каше. Так в детстве ещё угасло для меня очарование прополки, сбора навоза, картофелекопания и сна в мороз с раскрытыми окнами. И тыкву я не жру с тех пор принципиально. Но в огородной будке, я верил, можно переждать ядерную зиму.

Избалованные жизнью, мы не завидовали тогда владельцам «Жигулей». Не завидовали даже соседу, который выиграл «Волгу», чем перепрыгнул сразу четыре социальных слоя, включая мопеды и «Запорожцы». Сосед ворвался в высший свет и мыл свою прелесть во дворе, как настоящий князь. Дома стояли полукругом. Он не боялся, что шесть подъездов сдохнут от зависти, хоть и допускал такой финал. Жена его Марина подносила воду и смотрела в окна. Солнечные зайцы от её глаз бежали по потолкам, разгоняя пауков. И не только очи её, вся она светилась неприятным радиоактивным свечением. Разумеется, эта «Волга» сгорела. Радиация вкупе с народным мнением губительны для предметов роскоши.

В центре Риги гнездилась тогда феодальная знать. В их квартирах, говорят, встречалось по четыре и более комнат. Мы не верили этим средневековым мифам. Нам ближе были инопланетяне, которые и встречались чаще, и разделяли наши ценности. Например:

1. СССР вечен и однажды захват галактику.

2. Гагарин жив, просто прячется.

3. Мы Родина Циолковского, поэтому шансов попасть на Марс у меня больше, чем во Францию.

Теперь Союз расползся не по вселенной, а как старая тряпка. А «Франция» и «Опять» — слова-синонимы. Так же как «Вечность» и «Переменчивость».

После сытого детства, после «Москвича» и крыжовника плевать я хотел на Прованс. Если бы не Катя — нипочём бы не попёрся. А она женщина и от слов «Кот-д-Азур» млеет. Вообще, все слова, содержащие «Кот», для женщин священны. А постфикс «д-Азур» и вовсе лишает их усидчивости.

Семён Борисович снял виллу для всех. Но у безлошадного Некрасова каждый день репетиции. Он должен жить в гостинице вместе с театром. А «лексус» я ему не отдам.

Гостиница прекрасна, уверял актёр. Всего в 15 км от дачи Абрамовича, ровно между Ниццей и Каннами. Вокруг лес, ни одного комара. Спишь с открытым окном, утром вся кровь на месте. Животный мир представлен ящерицами, цикадами, и ещё в лесу видели огромных жаб.

— Что же они жрут, если комаров нет? — спросил пытливый Раппопорт. Я предположил, что жабам пришлось дорасти до таких размеров, чтобы питаться зайцами. Катя хихикнула.

Мы пытались быть солидарны. Сняли соседние с Некрасовым номера.

— А где санузел? — спросил Семён Борисович, задумчиво оглядывая шкаф изнутри. Других дверей в комнате не было. Оказалось, душевая есть, одна на весь этаж. В ней десять кабинок, не разделённых на «М» и «Ж». Туалет проектировал архитектор гендерный демократ. Удивительно, некоторые гостиницы Старого Света могут утереть нос худшим баракам Выдропужска, в смысле непритязательности. Соседями оказались театральные труппы из Липецка и Пензы. Совсем к ночи — ужас, приехали барды, огромная толпа. У них тоже тут фестиваль.

Два автобуса поляков, живших в отеле до нас, сразу сбежали. Раньше им казалось, ничем нельзя испортить такие низкие цены. Но, завидев сто пятьдесят гитарных чехлов русской делегации, они переменили мнение. Некрупные народы плохо переносят нашу ширь. В первую же ночь барды сломали одну ногу, одну стену и научили ящериц подпевать «Солнышко лесное».

Утром Раппопорт потащил меня завтракать. Тут всё по спискам, наша очередь в восемь утра. В буфете стоит человек-магнитофон, повторяет:

— Дорогие русские! Силь ву пле, один круассан в одного туриста! Второй круассан товарищу! Спасибо!

Людям приходилось мазать на пирожок четыре порции масла и три джема. И заедать багетом, которого много не сожрёшь, кстати.

После завтрака встретил Семёна Борисовича. Спросил, далеко ли его вилла. Богач пропустил понятную обоим часть диалога, сказал, что уже бежит собираться. Вышла Катя с упакованным чемоданом. Ей было всё равно куда — лишь бы не здесь. Пришёл Раппопорт, посопел недовольно — и присоединился. Так мы уехали, а Некрасов остался. Всё равно у него репетиции каждый день.

Загорать и купаться дешевле в Болгарии. Местный витамин D — самый дорогой в мире. К тому же прибалты в Средиземном море теряют ясность рассудка. Некоторые пытаются утонуть, чтобы не возвращаться. Но солёная вода их выталкивает, не принимает.

Лучше всего взять машину и ездить, ездить. Нигде в Европе нет такой плотной и кривой дорожной сети. Даже в Германии дорог меньше. Движение в трёх измерениях и никогда — прямо. От Ниццы до Антиба вьются четыре простых дороги, одна платная и ещё железная. Слева и справа встречные потоки, за ними опять попутные, за ними снова встречные. Ротонды, развязки, петли, мосты, тоннели. Из-под земли выныривает поезд, несётся в лоб, потом ныряет куда-то в Тартар. Пассажиры жалуются на головокружение и невозможность рассмотреть Францию. Она слишком быстро летит мимо. Я считаю, это капризы. За тот же километраж на бобслейной трассе пришлось бы заплатить миллион. А тошнит после заезда точно так же.

Здесь берберские пираты ловили французских рабов, модных во всей Африке. Поэтому на пляжах было немного народу. Крестьяне уходили в горы, строили крепостицы, украшали дворы цветами. Ботаника здесь не сложна, кусты состоят из лепестков почти полностью — розовых, белых, фиолетовых. Цветёт каждая палка, без прополок, окучивания и подвязывания. Всё по-домашнему, улицы не шире моей кухни. Прогулки в Ментона проходят, в основном, в вертикальной плоскости. Если купить диван, то непонятно, как втащить его на Ру-де-ля-Коте, 7, например. Неясно также, что надо сделать в этой жизни, чтобы в следующей жизни родиться здесь.

Французы воевали с берберами без надрыва. Герой войны у них — тётка со скалкой. В 16-м веке пираты Хайр-ад-Дина Барбароссы высадились на причале Ниццы и побрели в наступление. Горожане вяло отмахивались палками. Вдруг на передний край выбежала прачка Катрин Сегюран. В этот день ей всё не нравилось. Предметом, похожим на полено, она оглушила вражеского знаменосца. Отобрала флаг, подняла юбку и показала неприятелю зад. Разбойники смутились, а горожанам понравился такой акт динамического искусства. Местные поднялись и опрокинули атаку. Прачку причислили к лику святых. На памятниках женщина изображена в таких пышных одеждах, которые якобы задрать невозможно.

Так же, как воюют, французы выносят меню. Лениво и весело. Они до последнего надеются, что вы уйдёте. Лишь увидев, что вы расчехляете палатку, так и быть, приходят. Потом ещё час ржут над вашим выбором, зачитывают вслух, на кухне, всем коллективом. Просто уморительно вы заказали. Что в голове у человека, соединившего «Coq au vin», «Cervelle de cuant» и «Brandade de moure»?

— Русские туристы, что вы делаете, перестаньте! — сипит шеф-повар и хватается за холодильник, чтобы не упасть. Он отменяет ваш выбор и готовит «Gigot d'agneau aux pommes de terre». Это ножка ягнёнка, фаршированная чесноком. Просто и выразительно. Помню, я хотел на этой ножке жениться.

Вдоль берега идёт красивая медленная дорога, знаменитый Корниш. На ней пробки, но это даже хорошо. Потому что пейзажи ярки, как сны кокаиниста. Не зная прилагательных нужной силы, зрители лишь хихикают и нежно матерятся. А вся наша сирень, оказывается, не больше чем невротическая компенсация серых болот.

Где-то здесь Ван Гог отрезал себе ухо. Не верил глазам, хотел проснуться. Приехал к нему в гости Гоген, вызвал Ван Гога на дуэль. Если спишь, то почему бы не подраться на шпагах. Всегда хотелось, а во сне смерть не настоящая. Так и не поняв, в чём подвох, Гоген бросил жену, детей, валютную биржу, подцепил проказу и увлёкся рисованием. Пикассо, Ренуар, Синьяк, Матис, Бунин, Дягилев, Шаляпин, Фицджеральд, балерина Кшесинская, король Леопольд, мы с Раппопортом — все приличные люди тут или жили, или собираются. Метр жилья на Кап-Ферра стоит 40 тыс. евро. Для такой красоты совсем не дорого.

Вопреки школьным учебникам, Рай не похож на плодовый сад под Тулой. На самом деле праведник летит по тоннелю и вываливается на свет продавцом мёда в Биоте, почтальоном в Эзе или бакалейщиком в Мужене. Открывает окна: справа горы, слева вид на Монако. Человек пьёт кофе с пышкой и не завидует даже министру Якутской кимберлитовой трубки. Он выходит во двор, поливает цветы и вообще патологически никому не завидует.

Вдвоём

Раппопорт утверждает, мы должны посещать репетиции.

— Мы же хотим поддержать друга? — спросил он почти без вопросительного знака.

— Так, дайте подумать... Что же выбрать? Прогулка по солнечному Грассу или унылый надрыв провинциального театра? — я картинно задумался.

— Разумеется, мы хотим поддержать, — сказала Катя негромко. В глазах её притом читалось: «Помогите, люди добрые!»

И мы отправились к Некрасову. Катя пошла, потому что честная. Остальные — потому что без неё скучно. Вопреки ожиданиям, мне очень понравился театр. Некрасов опять играл импозантного негодяя. Импозантность ему более-менее удалась, а вот негодяйство совсем не вышло. Режиссёр Ян Язепович

Штильке требовал от Некрасова демонических рогов, но получались только травоядные. Алёша походил на барана в лучшем случае, никак не на демона. Ян Язепович материл Некрасова очень умело, сердце моё радовалось за наше искусство. «Боже, какие точные, ёмкие формулировки!» — думал я, восторгаясь режиссёрской проницательностью. Как точно он разглядел неприглядную суть под слащавой личиной. Восхищало также его знание русского языка. Вообще, замечательный дядька, настоящий мастер театра.

В обед Раппопорт объявил, что товарищеский долг исполнен. Мы лучше потом на готовый спектакль придём.

Все сказали: «Ну, жалко, конечно». И поехали гулять в Ментона. У Кеши болит нога, Семён Борисович по сути своей не пешеход. Оба они путешествуют в гастрономической плоскости. Находят ресторан, наливаются вином и млеют, разглядывая сомлевших на жаре девок. Мы же с Катей ходили, ходили.

Из всех видов выражения чувств мне доступны два — ходить рядом и трещать о пустяках. Я пересказал ей всё написанное за три года. Было страшно, если я замолчу — она заскучает, обернётся птицей и улетит.

Мои старания приносили плоды. В Гольф-Жуане она взяла меня под руку. А в Грассе чмокнула в щёку липкими после мороженого губами. Я понимал, что это вершина наших отношений, и поклялся не мыть щёку как можно дольше. Через неделю всё покатится вниз. Мы вернёмся в страну вечнозелёных помидоров. Ещё через три недели план Раппопорта сработает — и я усохну.

Говорят, Клеопатра казнила своих несчастных счастливых любовников. Если царица Египта хоть наполовину была похожа на Катю, я бы не жаловался на месте казнённых. Всю оставшуюся жизнь им было что вспомнить. Все пять или сколько там часов. Моя же память останется чиста, я буду жить долго, хорошо и скучно. Через пару лет, выметая пыль из-под ковра, найду её серёжку и горько усмехнусь.

— О чём думаете? — спрашивала Катя, когда молчание затягивалось.

— О книжке думаю.

— В ней будут женщины?

— О да!

— А дети?

— Конечно. Я пишу в жанре «ми-ми-ми». Будут дети, птички, собачки. А все экзистенциальные конфликты придётся разбирать на примере весёлых котят.

— Расскажите.

— Сейчас? Здесь?

— Конечно. Или котята — что-то интимное?

— Вовсе нет. Вот, например. История о бытовой магии. Наша семья практикует, когда припрёт. Мы никогда не говорим: «У котика заболи, у Ляли перестань». Нам жаль котов. Мы все болячки отсылаем афганскому бандиту Бену Ладену. Раньше так делали, то есть. Ему полезно для очистки кармы, думали мы. Бен Ладен об этом не знал и не понимал, что происходит. То синяк на колене, то уколотый палец, то подбитый глаз. Как будто он не взрослый мужчина, а две девчонки-сорванца. Вскоре жизнь ему обрыдла. Бен натворил гадостей и был наказан педагогами из американского спецназа.

Сейчас он умер, переродился крокодилом в Ганге. Лежит на дне, переоценивает своё поведение. Но наше-то детство продолжается. Нам пришлось использовать волка, живущего в лесу. Странная жизнь началась у серого. Кругом деревья и кусты, а у него, по ощущениям, то ушиб от холодильника, то ожог от утюга.

Дети меня уважали как отца и народного целителя. Но однажды позвонила бывшая супруга Люся и отчитала нас всех. Мы не выучили таблицу умножения, чем опозорили её на всю школу. Я не знаю заклинаний для изучения математики. Знаю только один мистический ритуал. Нужно ворваться в детскую комнату, трясти ремнём, стараясь никого не задеть и много угрожать. В рамках того же обряда принято говорить поучительные штампы про вытаскивание рыбки из пруда, врать, что «кто не работает, тот не ест» и пр. За пять-шесть таких выходок таблица сама оседает в затылочных долях детского мозга.

Я набрал воздуха, ворвался, раскрыл пасть и стал орать. Ляля как раз бездельничала. Ничего не учила, малевала в компьютере жёлто-синюю мазню. Я рассказал ей о роли образования и труда. Про Нильса с гусем, Незнайку и Буратино.

— Сколько сил в тебя вложено! — говорил я. — Одних пакетиков риса — миллион! А в ответ сплошная бездуховность!

Ляля слушала и водила компьютерной мышкой. Я посмотрел, а в мониторе очень красивая картина в стиле Айвазовского. Пейзаж с морем, солнцем, рыбами и гусём вдохновенным, летящим по делам. Никакая не мазня. Мощный жёлтый, искренний синий, ипрессионистская лёгкость и ясные световые впечатления, подзвученные пульсирующей ритмикой полутонов. Сверху написано «ПАПА», чтобы не забыть, кому подарок. И курсор елозит, закрашивая первую «П». Раз я ору, то и дружбе конец. Будет просто картина, не посвящение.

В тот день я переосмыслил своё поведение и отрёкся от педагогического терроризма. Картина сейчас хранится с тремя тысячами других шедевров. Мы одолели «пятью-пять» и того гляди двинемся дальше.

— Из вас бы вышла отличная мать! — сказала Катя.

— Мать из меня неполноценная. Я не могу показать на себе, как правильно модничать и раздражаться, если нечего надеть на утренник. Петь в расчёску перед зеркалом, кстати, они тоже научились без моего участия.

— Хорошо, я дам вам несколько уроков, — сказала Катя и похлопала меня по плечу.

Ещё я от женщин нахватался вот чего: знаю, что ничего не выйдет, — и всё равно надеюсь.

Отъезд

Некрасову на фестивале присудили второе место среди мужчин. Остальные участники оказались ещё хуже. В честь триумфа устроили вечеринку. Алёша выпил, раскраснелся. Уселся на один с Катей диванчик, положил ладонь ей на колено. Катя шевельнула бровью, но руку не убрала. Я встал, хотел уйти.

— Не-не-не! Сева, ты должен это услышать! Обалдеешь! — крикнул Некрасов. Пришлось сесть и смотреть, как эта сволочь лапает моё её колено.

Некрасов рассказал волнующую сплетню. Член жюри Н. переспала с худруком из Саратова, и первое место уплыло бездарному актёру П. Все прогрессивные театралы негодовали. К Алексею подходили многие, человека три, возмущались страшной несправедливостью. Ясно же, что П — ничтожество.

Одна молодая актриса даже обещала уйти от мужа, чтобы разделить с Алексеем его боль.

— Не поняла, она из жалости или от восторга тебя захотела? — спросила Катя.

— Ага! Ревнуешь! Напрасно. Ты для меня самая прекрасная! — Алеский попытался поцеловать Катю в шею, довольно неуклюже.

— При чём тут ревность?

— И отчего это мы такие дикие сегодня? — спросил Алексей.

— Я обычная. А некоторым, кажется, лавровый венок натёр макушку.

— Завидовать чужому успеху некрасиво. Театральная сцена капризна. Одних она любит, других не принимает. Ничего не поделаешь. Актёр — это судьба. Этому в институте не научат.

Катя встала и пересела в отдельное кресло.

— Очень жарко под твоим нимбом, — сказала она.

— Понятно. Две недели самостоятельных прогулок не прошли даром. С глаз долой — из сердца вон.

— При чём тут сердце?

— Действительно, при чём? Разве у шалавы может быть сердце?

— Это я шалава?

Тут все вскочили. Раппопорт кричал: «Друзья, друзья, давайте успокоимся». Семён Борисович взял Некрасова за руки, горячо говорил: «Ну нельзя же так, нельзя». Пунцовая Катя надвигалась на Некрасова, держа чайник наперевес, как ударный инструмент.

— Это я шалава? А ну, повтори! — говорила она условно-спокойным тоном. Некрасов прятался за Семёна Борисовича, повторяя:

— А чего ты заводишься? Чего ты заводишься?

Прованс нас изменил. Мы стали настоящей французской семьёй. Катя разрешила Некрасову себя лапать. Значит, в чём-то он прав. Вот пусть и разбираются.

Я быстро бросил в рот виноградину, встал и вышел. Погулял по саду, посетил кухню, намазал бутерброд, заварил чаю. В гостиной горячо спорили. Наша история закончена. Ночью я уеду домой. Я пошёл в свою спальню и лёг на кровать в одежде. Уеду. Нынче же. Душ приму в мотеле, по пути. Вот только посплю час.

Сначала любой потолок кажется чистым. Потом из неровностей и теней проступают лица. За неделю в этой спальне я научился видеть восемь физиономий. Прямо надо мной мужчина с крупной челюстью, в углу заплаканная женщина, возле окна человек-рыба. Когда призраки не слоняются по дому, то висят на потолках размытыми портретами.

Я задремал. У меня прекрасная, крепкая психика. Я могу заснуть в любой миг, после самых яростных неприятностей. Достаточно лечь — и всё. Процессор отключается. Если, конечно, ко мне в комнату не будут врываться. И сопеть. Дверь распахнулась. Не хотелось открывать глаза. Да и кто мог войти, только Раппопорт. А его мне видеть не хочется.

— Кеша, я её люблю. А ты мудак. Выйди и закрой дверь. Я посплю и уеду. Проскочу до Швейцарии без жары и пробок.

Кеша молчал. Я говорил, не открывая глаз:

— Но ты был прав. Надо бежать. Пока не втрескался насмерть. Как там наши голубки, кстати, уже дерутся?

— Они боятся настоящей драки, — сказала Катя. Я вскочил.

— Ты открываешь дверь, совсем как Раппопорт. Могла бы кашлянуть для порядка.

— Богатой буду. Отвези меня домой. Не хочу лететь в одном самолёте с этими.

Катя сердитая. Красивая.

— Конечно, поехали.

— Можем сейчас?

— А как же Лёша?

— Ты хочешь ехать с Лёшей?

— Катя. Милая. Если ты наденешь мои твои любимые джинсы с дырами, я понесу тебя на руках. Все две тысячи пятьсот тридцать семь километров.

— Я надену шорты, если пообещаешь не носить меня на руках.

— Обидно, конечно. Через полчаса у ворот?

— Через две минуты. Если опоздаешь — уеду на автобусе.

Мы встретились на втором этаже. Вероломная Катя напялила самые глухие свои брюки. А я ведь не шутил. На лестнице встретили Некрасова. Вилла не настолько велика, чтобы удрать незамеченным.

— Вы куда? — спросил он недоверчиво.

— В магазин.

— С чемоданами? Я с вами!

Он не стал ждать отказа, побежал собираться. Мы пошли быстрей, во дворе встретили Раппопорта. Кеша ничего не сказал. Сам всё понял.

— Подождите меня, я мигом соберусь, — сказал он. По Катиному лицу нельзя было понять, рада ли она попутчикам. Она была мила — и всё. Я пожал плечами. Кеша похромал бросать тряпки в авоську, как он сам выразился.

Катин чемодан занял половину багажника. Мой лёг на бочок рядом. Был в этом какой-то символизм. Я уселся за руль, вдохнул воздух Прованса, стараясь заглотить этой целебной газовой смеси про запас.

— Ну? — спросила Катя.

— Ждём, — ответил я.

— Ты серьёзно?

Я закрыл дверь и выехал за ворота.

— Дай свой телефон, — сказала Катя. — И не гони, я буду письмо писать.

— Кому?

— Раппопорту. Он самый ответственный.

— А текст?

— Примерно такой: «Ждали, ждали, не дождались. Люблю всех, целую ваши ушки и носики. Севастьян».

— Подписываться не надо. Это же мой телефон.

— Точно. Очень плохая зона покрытия в горах. И, кстати, почему ты за меня не вступился?

Она отправила смс и выключила все наши телефоны. Оба.

2617 километров счастья

атя не поверила в то, что я заблудился. Сказала, путать следы — напрасный труд. Вряд ли за нами будет погоня. Навигатор всё не мог сориентироваться. Но выглядело, будто это я оттягиваю возвращение и все неизбежные беды. Покружили, покружили, выехали. До Сан-Ремо час езды по платной дороге. Катя велела рассказывать истории. Я послал богам запрос на двухсуточное улучшение памяти. А там будь что будет. И заговорил.

— У моей тёти жил трусливый доберман. Каждый Новый год, ровно в полночь, он прятался под ванну. Боялся фейерверков. Он не понимал китайской этой красоты, поскольку был дальтоником и интровертом. В минуту опасности он непременно прятался под ванну.

Однажды в тётину дверь стали барабанить незваные гости. Была ночь, гости были пьяными, незнакомыми и, судя по звукам, агрессивными. Страшные удары сотрясли всю стену. Собака полезла под ванну, совсем как в Новый год. Она поняла: это недобрые феи пришли.

Тётя звонит полицейским. Ей отвечают: «Экипаж будет». В переводе с полицейского языка ответ означает: «В протоколе вас опишут как поперёк прихожей холодное тело с недовольным лицом». Тётя бы рада сама спрятаться, но под единственной ванной уже сидит собачка. «Иди и сама покусай кого тебе надо», — как бы говорил доберманов взгляд.

Тётя жила на восьмом этаже. А на девятом, прямо над тётей, размещался бордель. Туда ехали посетители, но лифт зачем-то высадил их раньше. Этажи совершенно одинаковые, внешне. Мужчины достали цветы и деньги, стали звонить в дверь. Им не открыли. «Вот уж это женское кокетство», — подумали мужчины. Они стали стучать. Стучали, стучали, даже ногой, косяк треснул, дверь отвалилась. За дверью нашлась смешная тётя со шваброй наперевес. Они смеялись, просили прощения, отобрали швабру, оплатили повреждения и ушли куда-то в ночь, срывать цветы порока. И только тогда доберман выполз. Он жалел, что достался такой хозяйке, не способной нормально защитить дружочка. Назавтра я тряс его за уши, спрашивал, не стыдно ли жрать сухой корм.

— Оставь ребёнка! — сказала тётя строго. — Он родился в семье курляндских крестьян. Всё население Курляндии — ужасные интроверты.

— Это правда? — спросила Катя.

— Что правда? Что доберман из крестьянской семьи?

— Что интроверты.

— Конечно. Лично видел, как одна семья из Лиепаи справляла юбилей в ресторане. Они пришли, расселись. Все очень нарядные, в костюмах народных землистых оттенков. И вдруг официант спотыкается и выливает графин компота на их папу. Папа сразу мокрый, сладкий, спина в вишнях и лысина. Русский праздник тут бы только и начался. Макание халдея в салат, драка стульями — да мало ли конкурсов можно устроить в честь юбиляра. А эти молча встали и вышли. Даже не плюнули в администратора. Не знаю, где балтийские писатели берут сюжеты с таким народным темпераментом.

2420. Генуя

В Генуе попрощались с морем, свернули на Пьяченцу. Итальянцы прикрыли асфальтом козью тропу. На юрком «фиате», может, и ничего, мне же временами казалось, что мы скачем по горам на корове. Темнота и серпантины — нет лучшего развлечения для неуклюжего японского лимузина. Я старался не гнать. Всё-таки драгоценность везу.

Катя ничуть за нас не переживала. Вне всякой связи с окружающим пейзажем она предложила вместе встретить Новый год. Понятно, что это не скоро, но ей кажется, было бы весело. Я пообещал расшибиться в пиццу, лишь бы проверить её предположение на себе. На нас. Хотя зимой я тот ещё весельчак. Вторую половину года грусть честней веселья. Не знаю, как здесь, а у нас в Прибалтике с сентября за окном болото, с октября — ночное болото, потом ноябрь, даже в произношении похожий на «Мордор». После четырёх месяцев вездесущей холодной слякоти не очень хочется чего-то праздновать. Я считаю, диван, салат и телевизор 31-го декабря достаточны, а гости уже избыточны.

Катя мне не поверила. Сказала — я кокетничаю. Вот как, например, прошёл мой последний Новый год?

Спасибо, хорошо прошёл. Я сломал два бильярдных кия и взорвал ракету в центре группы латышей. У нас дом на берегу реки. Люди пришли смотреть салюты над городом. Стоят, молчат торжественно. Вдруг трах-бах-искры, Севастьян Свиридов выстрелил в них ракетой. Поздравил, как бы. Латыши тихо улыбнулись, сочувствуя моей славянской криворукости. Очень доброжелательные. Что характерно, за час до салюта меня пыталась огреть лопатой русская дворничиха, просто от избытка чувств. Я в неё даже не попал. Даже не выстрелил. Но ей показалось, что собирался.

Так вот, про грусть. Осень — это первые два акта Нового года. Экспозиция и перипетии. Человек набирается отчаяния, чтобы в третьем акте, в кульминации, обожраться, разрушить бильярд, убить печень и взорвать ракетой случайных прохожих.

— А где справляли Рождество? — спросила Катя.

— В Москве. Ездил на премьеру фильма. Там фильм такой, восемь авторов писали сценарий. От меня в кино два диалога осталось.

— Нравится Москва?

— Странный город. Отношения широты, добра и разума, как в игре камень-ножницы-бумага. Разум побеждает широту, но не может сопротивляться, если человек задумал доброе дело.

— Это как?

— Ну, русская душа... Столкновение с ней начинается ещё в самолёте. Стюардесса не верит, что я не хочу завтракать. Ну и что ж, говорит, что пять утра. Колбаска, хлебушек, вкуснятина! Надо попробовать, потом уже решать. А помидорки!

Она готова была потыкать меня мордочкой в еду, для аппетита. Очень заботливая. Латышские стюардессы в сравнении с ней — пластмассовые. А эта и мать, и пастырь, и диетолог. И, кстати, у латышей самолёты приземляет робот. Электроника сажает жёстко, ради лучшего торможения. А русский авиатор непременно вручную старается. «М-м, как нежно сели!» — говорит одна пассажирка другой, и та прикрывает глаза в знак согласия.

Москвичи в пробках — самая массовая популяция буддистов. Никаких планов на будущее. Доверие промыслу и отрешённость. За каждым поворотом может прятаться конец времён. В моём случае это был кран, изящно перегородивший семь полос. Крану мешал таксист, а тому — шлагбаум. Директор шлагбаума ушёл пописать и случайно эмигрировал навсегда. И гори огнём все, кто спешит на интервью.

Я давал интервью на телеканале, где ведущие от скуки занялись обустройством бездомных котов. Им привозят из приюта. Животное гуляет по студии, пока не очарует телезрителя, о чём тут же всех уведомят. Формально скотина создаёт приятный эмоциональный фон. На самом деле это я создавал фон, а кот был центром драмы и героем передачи.

Приехал, напудрился, сижу. Съёмка задерживается. Тётя, везущая нового кота, уже звонила, застряла в такси. Водитель пропустил поворот. В Москве это равняется падению в чёрную дыру, возврата нет.

И вот, съёмочная группа со скучными лицами начинает снимать. Без кота совсем не то. Тоска и безысходность. Меня-то никто не полюбит и не

пригласит жить в квартиру с лотком и когтедрал-
кой. Из содержимого студии зрители первым де-
лом приютили бы мебель, потом ведущего и цвет-
ные металлы. И последним уже блоггера, который
не спал две ночи, застрелил подъёмный кран, на-
пугал таджика, съел на завтрак стюардессу и неве-
роятную помрежа Галю обнимал две секунды вместо желанных ста.

У русских сакральная миссия: творить добро, при-
крываясь ерундой. Например, удочерять котов под
видом телевидения. Я же потом утешал ведущего Же-
ню. Говорил, что хороший хозяин сегодня не смотрел
телевизор. Нас смотрели только опасные производ-
дители беляшей, с ними кот бы погиб в желудке плац-
картного путешественника. Женя всхлипнул и успокоился.

1996. Больциано

ы говорили о детях. Мои, например, очень энергичные. Перед сном они играют в развивающую игру «вскипяти отца». Благодаря их усилиям во мне развилось уже много положительных качеств. Каждый вечер они обещают спать, а сами ржут, ловят кота, топчут подушки, дерутся, ревут и ябедничают. Связывать их запрещают международные конвенции. Хлороформ и водка дискредитируют меня как педагога. Я сулю им казни египетские, требую убрать ноги с подушки сестры, а вторые ноги пусть прекратят плеваться, иначе пойдут спать на балкон.

Про балкон они говорят — прекрасная мысль! В ремень не верят. Говорят, это мифическое чудовище. Меня самого дети считают ворчливым кухонным комбайном, готовящим много и невкусно. Они спрашивают, разве я не рад, что ноябрьскими вечерами у нас так весело.

Наша жизнь и правда хороша. Даже будильник (6:30) не в силах её изгадить.

— Я порхаю, как карибля! — говорит Ляля, прыгая по матрасу с пером в голове.

Они настолько молоды, что любовь тоже считают мифическим животным. Хотя Маше уже пришлось столкнуться с этой заразой. Один мальчик подарил ей розу. В присутствии подруг.

— Дурак, что ли, — сказала Маша. Однако ж, именно в этот миг она поняла, что женщины не одиноки во Вселенной. Инопланетяне существуют, их шесть штук, распространены они прямо в родном классе. Довольно занятные.

Я видел того мальчика. Он сказал: «До свидания, Маша!» — совершенно не стесняясь моего присутствия. Выглядит интеллигентно, волосы расчёсаны не раньше понедельника. Такая свежая причёска в шестом классе — почти пижонство. Я в этом возрасте расчёсывался раз в году, 31-го августа, и слыл приличным человеком.

Этот даритель розы Маше неинтересен. Ей кажется занятным другой негодяй, который смешно кривляется на физкультуре. По мне, уж лучше повелитель расчёски. Но у девочек свои представления о мужской привлекательности. Им подавай ироничных подлецов — немытых, пьяных, несчастных, смешных на физкультуре. При всей своей холодности, Маша хранила розу целый месяц, меняла воду в вазе и вообще. А потом, я видел, она поёт перед зеркалом в расчёску. Видимо, детство её заканчивается.

Кате кажется, я сам хотел бы стать обаятельным мерзавцем. Конечно, хотел бы. Это прямой путь к успеху. Например, мой приятель Константин был приличным юношей, занимался в секции фехтовальщиков. Это спорт благородных людей. Однажды он победил целый турнир шпажистов. Приревновал всю секцию к тоненькой саблистке Ане. Покромсал в винегрет.

Но в финале против Кости вышел адский д'Артаньян из соседнего района. Злой противник всё превращал в дуршлаг. Он делал тысячу инъекций в минуту. Даже швейные машины Зингера не способны на такое. Препятствие гибло, не успев ойкнуть.

Костя понимал, это конец. Без первого места говорить с Аней он не сможет, останется только смотреть ей в спину и грустить. Бессердечный дядя тренер, садист и сатрап, увидел этот взгляд, полный юношеского тестостерона, не выдержал и выдал Косте Большую Зелёную Пилюлю.

— Когда выпьешь, посмотри на лампу, — сказал наставник, — ламп станет четыре. Надо собрать их в одну. Если не сможешь, всё бросай, беги в лес и сиди там до утра. Потом тебе захочется орать. Так вот, нельзя. Сдохни, но молчи. В случае нехватки сил, подойди ко мне, я тебя накормил, я тебя и убью.

Костя принял зелье. Ничего не произошло. Вообще. Препарат оказался подделкой.

— Посмотри на лампу, — напомнил тренер неожиданно густым басом с тройным эхо. Ламп оказалось четыре, как и обещала советская фармакология, обладательница многих олимпийских медалей. Сходиться светильники не хотели. «Да здравствует Аня!» — подумал Костя и склеил люстру сверхусилием.

Он вышел на дорожку. Воздух в зале был густым и тягучим. Замедленный д'Артаньян едва шевелил шпагой. Костя угадывал его выпады, но с трудом отбивал. Тело не поспевало за стремительным мозгом. Их совместной ярости хватило бы на сто мушкетёрских романов. В конце, в сумасшедшем полёте, Костя достал врага и укусил себя за обе губы одновременно — так хотелось закричать, столько было счастья.

Интересно, кстати, почему нельзя вопить. Возможно, пилюля открывает «ля» второй октавы и писк фехтовальщика взрывает стёкла — нам уже не узнать.

Победа не помогла. Костя увидел, как Аня уходит прочь под ручку с незнакомым пролетарием, вообще никак не связанным с саблями, в лучшем случае — с отвёртками. Чуть не с токарем, прости господи.

Вечером Костя пришёл к ней под балкон. Жизнь была кончена. Хотелось умереть сегодня же, так чтоб она увидела и содрогнулась. Время шло, Аня не показывалась. Чтобы привлечь её внимание, Костя придумал побить двух *пионэров*, шедших мимо. Мальчики возвращались с дискотеки. Их вскрики могли заинтриговать кого угодно. О том, что саблистки может не быть дома, кавалер не думал.

Оказалось, эти пионеры были авангардом довольно крупного пионерского стада. Вскоре подоспели другие ребята и весело нахлобучили Костю. Немногие его вечера были настолько насыщены пинками.

Аня его так и не полюбила. Ни тогда, ни потом. Сейчас у него пятьсот любовниц и ни грамма совести. Костя всех женщин зовёт лапочками, потому что не помнит имён. Преобразился, в общем.

Зальцбург. 1699

В четыре утра Катя заснула. Свершилось важное — я видел её спящей! Это близость, как-никак. Старался ехать особенно плавно, чтобы не растрясти. В шесть она проснулась, увидела указатель «Зальцбург». Сказала:

— Это же Австрия!

— Ну да...

— Вы плут, Севастьян! Вы меня похитили, посулив швейцарский мир. И шоколад. И горы. Ну и где всё это?

Я не знал где. Стали смотреть в навигаторе. Оказалось, хитрая Швейцария ускользнула, отползла вправо. Где-то перед Инсбруком до неё оставалось шестьдесят километров, она притворилась обычной Альпийской горой, и мы её не узнали. К тому же ночь была. Катя ещё чего-то поворожила в телефоне и приказала свернуть с магистрали. Катя понимает, что я робот и могу нестись без остановки месяц, освещая себе путь красными глазами. Но ей нужна горячая вода. Если что, она готова пробиваться к своим потребностям с топором в руках.

И мы въехали в Зальцбург, где родился Моцарт. Ещё там стоит памятник Караяну. Дирижёр изображён в свитере. Сразу видно, каким он был при жизни простым и добрым. Ещё есть река, замок, но главное — гостиницы с горизонтальными кроватями.

Отель «Захер Зальцбург» был первым в списке. Эта особенность нам показалась достаточной для выбора. Днём в баре играет живой пианист, а в меню, конечно, шоколадный торт «Захер». Поисковый сайт сообщил, что интерьеры с любовью разработаны фрау Элизабет Гюртлер. Не знаю. Проскакав тысячу километров, я стал невосприимчив к стараниям этой женщины. Ничего не помню.

Какой-то турок за стойкой уточнил, нужен ли нам номер с двуспальной кроватью.

— Нет, — сказал я.

— А какой ширины у вас кровати? — спросила Катя.

— 220 сантиметров, — турок улыбнулся и отмерил это расстояние на стойке двумя карандашами.

— Можем сэкономить, — сказала мне Катя. — Сегодня я вряд ли стану тебя насиловать. Скорее упаду и ничего не почувствую до самого обеда. Ты после тоже не выглядишь маньяком. Однако ж, если утром... или когда там проснусь... найду на себе отпечатки пальцев, остаток пути ты будешь бежать впереди машины и плакать.

— А ты?

— А я за рулём.

Странным образом мои мечты исполнились. Не дословно, но всё-таки. Помню, что проснулся в восемь. Катя спала спиной ко мне, под отдельным одеялом в глухой пижаме, пуленепробиваемой на вид. На самом краю, чтоб, не дай бог, ничем не прикоснуться. Нам показалось вечером, что провести ночь в разных концах одной кровати — мудрое решение. Если никому не говорить, то никому объяснять не придётся, что не было сил ни на поползновения, ни даже на фантазии.

Но утром аж волосы зашевелились от счастья. Она рядом. Конечно, никаких попыток. Разве что захотелось тихо-тихо поднять край одеяла и поцеловать её куда-нибудь в пятку. От одной мысли сердце замерло. Так и не решился. Трус. Жалею теперь.

В Зальцбурге мы провели весь день и следующую ночь. Катя сказала, что обязательно хочет доехать целенькой до дома. Для этого мне надо отдохнуть. А ей — погулять. Что касается достопримечательностей, у торта «Захер» очень точное название. За такие-то деньги.

Помню белокурую официантку, которая не понимала моего английского, но моргала очень сексуально. Удивительно, как некоторые женщины даже незнание языков превращают в технику совращения. Все уловки датского порно бессильны перед морганием той официантки. Я поговорил с ней по-латышски, на удачу. Она решила, я говорю на языке сердитых птиц. Стала щебетать в ответ и присвистывать с переливами. Очень красиво, но непонятно.

— Она говорит на голландском. Она не понимает твоего английского, — сказала Катя и взяла дипломатические труды на себя. Как-то они друг дружку поняли. Красивые девчонки удивительно легко сходятся.

Оказалось, я произношу неверно даже «мартини», «кампари» и «томатоз энд потэтоуз». Мой школьный педагог по английскому Галина Юрьевна привила мне особый, воронежский акцент. Из всех англоговорящих людей только она меня и понимала.

— Официантку зовут Линда, она работает первый день и очень волнуется, — сказала Катя.

Ресторан оказал гастрономическим. Повар по фамилии Мюллер исповедует неопластицизм с характерным для кубизма отторжением фигуративных элементов. Мы видели, как выносят пасту — на трёх тарелках, символизирующих ин, ян и хрен. Из макаронной волны, будто морской дракон, вздымается лобстер.

Меню на немецком, но это не важно. Мы перевели названия с помощью интернета. Стало ясно, повар страдает галлюцинациями. Я выбрал блюдо наугад, номер двенадцать. Нам вынесли двенадцать супов в двенадцати бокалах. Пришёл лично Мюллер и на медленном английском жалел, что нас с Катей только двое, потому что это супы для диспута. Нужно пробовать их и обсуждать в большой компании. Я решился макнуть язык в три бокала. В них оказались, по очереди: креветки в какао, тыква в малине и свекла с уксусом и вишней. После третьего бокала аппетит меня покинул. Креветки пахли, будто покинули море пару лет назад и с тех пор валялись в тёплом месте. Их дух напомнил традицию колымских зеков приманивать медведей несвежей рыбой. Косолапый идёт на аромат, зеки ловят его и жрут самого. Я рассказал эту историю, Катя поддержала диспут интересным предположением. Она считает, в другие дни блюдо номер двенадцать — это обычные сосиски. Но сегодня у Мюллера взорвался холодильник, и всё в нём перемешалось. На верхних полках образовались как бы салаты. А в поддон стекли будто бы супы.

атя спрашивает, где я отдыхал в прошлом году. Нигде не отдыхал. Посетил город Тарту, видел листья, дождь, памятник собачке, убитой автобусом разбухшим от финских туристов. Эстонцы не любят финнов. Считают их недо-эстонцами. А тут ещё собачка погибла. Сам Тарту прекрасен. Я бы хотел купить там квартиру.

— Квартиру или дом? — уточнила Катя.

Свой дом — это морока. Хороший не купишь, а самому строить — спятить можно от обилия нюансов. Мой знакомый миллионер строил дачу. Человек осторожный, он всё делает наверняка. Он заранее купил село молдаван. Бессарабы в строительстве способны на всё, кроме арифметики. Число и высоту ступеней они исчислили, гадая на куриных косточках.

Теперь Борисова лестница вызывает сложные чувства. Восходящему человеку кажется, будто он хромой конь в горах. Всё время спотыкаешься. Миллионер проверял рулеткой, — на лестнице ни одной одинаковой ступени. В гости к нему приезжают другие миллионеры, говорят, как забавно у вас ходить! А некоторые падают и матерятся.

Ещё молдаване построили весёлую канализацию. Она всасывает отходы, а потом выплёвывает в самых неожиданных местах. И обязательно — в виде фонтана. Время извержений предсказать невозможно, канализация презирает ритм. А ритм, по Бродскому, — основа гармонии.

Катя говорит, что больше не хочет жить в доме. Слишком много хлопот. Квартира лучше всё-таки.

— Вот ты знаешь, например, где у нас газонокосилка? — спросила она.

Не знаю. Но мне очень понравилось это её «у нас». Катя продолжает возмущаться:

— Зимою снег, осенью листья. А уборка! Ты моешь посуду, хорошо. Я убираю всё остальное в этих хоромах. Думаешь, легко? Как хочешь, но листья и снег отныне на тебе!

Строгая такая. Я не стал говорить, что готов убирать все снега и листья в городе, лишь бы она осталась. Впрочем, она так говорит, будто впрямь не собирается исчезнуть.

— Но ты же любишь гулять. Свежий воздух всякий... — говорю я.

— Люблю. И грибы люблю собирать. Но совсем не как один мой знакомый, который шёл домой с мешком картошки, заглянул в лес на секундочку, нашёл груздь и потерял разум. Через десять часов, весь в пауках и улитках, измождённый и счастливый, пришёл домой. Картошку он нёс на спине, а грузди в свитере, завязанном узлом. Упал на кровать, лицо зелёное, говорит: «Нет сил чего-то». И добавил тихо: «Как же здесь чудесно, в нашем Простоквашино!» Ну так вот, я совсем не такой любитель природы. И однажды непременно переберусь в квартиру.

Я сказал, что тоже в душе горожанин. Когда-то я жил в деревне, целых три дня. И поклялся впредь держаться вдали от этого опасного места. То есть, было и много хорошего, конечно. Помню курицу с грибами, соседка угостила. Там же я встретил миллион любознательных насекомых и растение «бешеный огурец» на заборе. Что в нём бешеного мне не сказали. Помню ещё зовущий хохот крестьянки Оли откуда-то с вершины сеновала. Не знаю, сама ли Оля туда запрыгнула или вознеслась с помощью. И правильно ли было применять для её спасения вилы — тоже не понятно. Соседи сказали, эта Оля — нормальная баба. Если так, то что такого вытворяет бешеный огурец?

Было жаркое лето, я ходил к реке. На берегу собрались алкаши, сами не купались, но рассказали, что вода тут чистейшая, почти дистиллированная. Микробов нет совсем. А что цвет коричневый, так это всегда так было. В прошлом году Толик купался, купался — и ничего. Пропал куда-то. Значит, всё в порядке. Если бы не в порядке, то пришёл бы и пожаловался, он страшный нытик. А что его никто не видел — вовсе не признак речной холеры. А может, у него инфаркт, всегда нужно верить в лучшее.

Моя дочь Маша, наоборот, мечтает купить хутор подальше от города. Она мечтает развести на хуторе корову, для творога и общения. Больше одной коровы нам не вырастить, мы довольно ленивые. Но, если местность будет достаточно труднодоступна, считает Маша, корове придётся с нами дружить и слушаться. Скотина сама научится посещать пастбище и водопой. А по субботам будет ходить в лес, знакомиться с лосями и косулями. Лоси спортивные, косули изящные, у всякой коровы должен быть выбор друзей. Она же тоже женщина и любит общаться. Лишь бы домой не водила. А зимой пусть ягель копает. Такие вот у Маши животноводческие планы.

Город Табор
1421 км. до конца

спросил у Кати, отдыхала ли она в Крыму.

— О да! — ответила Катя. Там она познакомилась с Валерой из Кременчуга, прямо на пляже. Валера признался, что никого не видел, кроме Кати, умеющей загорать так божественно. Обещал ждать каждый день до конца времён, тут же, возле раздевалки. Не смогла отговорить. И вернуться не получилось. Интересно, сколько времени нужно, чтобы из Валеры получился хамон, — спросила Катя.

— И больше не виделись?

— Нет.

У Кати очень короткие рассказы. И в основном о других. Если не считать первой ночи в участке, она так ничего и не выболтала о своей жизни. Вот и сейчас молчит. Только смотрит с выражением «ну говори, говори дальше».

Я сказал, что ничуть не сопереживаю Валере. В Крыму от любви можно страдать годами. Давиться персиками, плавать в шторм, загорать без крема и какие там ещё существуют способы грустить в субтропическом парадизе. Можно ещё смотреть на купальщиц с такой горькой усмешкой, что однажды они сами подойдут и поцелуют.

Попробовал бы он влюбиться, например, в городе Сестрорецке. Это самый северный известный мне пляж. Там всякую минуту возможен снег, даже в июне. Поэтому все отдыхающие — нудисты фиолетового цвета. У меня в Сестрорецке друг, Антон Духовской. Он так и говорит: «Пойдём на пляж смотреть фиолетовое отчаяние». Мы идём, а там сплошные сиськи в пупырышках.

Прага. 1334

Завтракали в Праге, видели русскую свадьбу. Невеста красивая, пушистая как лебедь, жених тщедушный, окосевший от эндорфинов. Он мечтает порвать это облако в пух. Но вечером напьётся, обслюнявит невестино колено и заснёт. Невредимое платье вернётся в прокат. А прохожим хочется верить, что порвёт всё-таки. Молодые художественно гуляли по набережной. Фотограф сказал целоваться у самой воды. Было страшно, что упадут и утонут. Потом уже хотелось, чтоб утонули наконец.

— Разбейте бокалы на счастье! — крикнула мать.

На её собственной свадьбе традиция топтать тарелку была соблюдена с нарушениями, и теперь вся жизнь насмарку, считает она. Жених бросил свой фужер в гранитный шар. По ту сторону шара гуляли туристы из Японии. Их окатило стеклянными брызгами.

Теперь уже японцам пришлось заметить русскую свадьбу. «Советское Игристое», — подумала пожилая гейша, обнюхав свою шляпу.

Невеста тоже решилась на бросок. Вложила в него всё накопившееся в душе за годы пубертата. Промахнулась, конечно. «Хорошо, что не графином», — опять подумали японцы, ловко уклоняясь. Бокал просвистел мимо и взорвался на мостовой. Свадьба решила не извиняться. Это им за Варяг, подумали друзья жениха. У них в руках оставались бутылки, колбаса и тяжёлый фотоаппарат. Выступи японцы с недоумением, проиграли бы не только курильский вопрос, но и сдали бы Окинаву. Японцы ушли. Потом и свадьба уехала. На мостовой остались брызги стекла и перегар.

Есть в русских свадьбах, конечно, и милые традиции. Перенос тёщи через мост, например. Наглядевшись на молодёжь, тесть вдруг крякает, хватает тёщу и бежит. Старается добежать, успеть до остановки сердца. Но мама со дня свадьбы прибавила килограммов пятьдесят одной только женственности. А есть ещё и характер в районе бёдер. И неизвестно, сколько весит теперь её мудрость. Тестя увозят в институт свадебной травмы, гости поздравляют друг друга с победой любви над разумом.

Или вот, питие шампанского из невестиной туфли. Во всём мире вставляют стаканчик. А наши наливают прямо в обувь. Девушка ходит потом с мокрыми ногами, у героев нехорошая отрыжка, но сколько радости!

Моя свадьба была скучной. Фотограф оторвал батарею от стены ресторана — и всё. Гости поцеловались и разъехались по домам, вспоминать свои медовые месяцы. Я спросил Катю, какая была у неё свадьба.

— Прекрасная была. Миллион стоила, — сказала она. И отвернулась к окну. И всё. Катя ужасная рассказчица. Ничего с ней не понятно. Кажется, она всё уже обо мне знает. Я же о ней — ничего. Может, так и надо. Скоро расстанемся. И все воспоминания сойдутся для меня в одну точку. В родинку на её локте. Сотру телефон, усядусь работать и через год забуду всё. Голос её, колени, волосы, дорогу, Прованс, Прагу, и свадьбу эту, и японцев. И локоть. Конечно. И, кстати, скоро дети из деревни вернутся.

Вроцлав. 1069

Катя просит рассказать о детях. Чего рассказывать, обычные. Шумные, прожорливые, ласковые. Иногда ревут. Катя спрашивает, что они любят из еды. Блины любят. Самое расточительное блюдо, в смысле времени. Время их приготовления — два часа. Время пожирания — три минуты. Бесполезней расходовать себя можно, только впав в кататонический ступор. Но я всё равно готовил. По воскресеньям. Развспоминался.

...В выходные дни дети хотят есть, гулять — всё как можно громче. Ловля кота перекрывает шум аэропорта. Работать невозможно. Чтобы пройти в кухню, надо назвать пароль.

— Я не знаю пароль.

— На букву Ч, это есть у нас в доме.

— Часы (неа). Чай (иже с ним чашки, чайник, всё не то). Чемодан, Чубчик, портрет Чайковского. Чих, исполненный Машей, микробы по-прежнему в квартире — не подходят. Двадцать минут Ляля уговаривает не сдаваться, подумать. Потом торжественно:

— Это Чувства!

На выставке бассет-хаундов мне бы дали приз за самый собачий взгляд.

— Ты, отец, чего-то грустный, — говорят дети, прыгая по кровати. С треском вылетает фанерное дно. Батутистки проваливаются. Им страшно весело. Убийство мебели они считают лучшей шуткой дня. Остаток вечера пишут сочинение «Как я собираюсь провести субботу, ничего при этом не разрушив». По надутым щекам видно, насколько разное у нас чувство юмора. У меня, например, вместо него чёрная дыра.

На следующий день мне неловко. Огромное жестокое сочинение за какую-то старую кровать, где было моё сердце! Вот тут и пригождаются блины, источник мира и взаимопонимания.

Я искал, чем бы их заменить. Один сайт посоветовал говядину с кокосовым молоком. Следует добавить чили, имбирь и куркуму. Подавая на стол, посыпать кунжутом. Подозрительный рецепт. Другой сайт начинает вроде бы по-людски: «Очистить помидоры от кожицы...» Но потом срывается в бред: «Залейте жареный плантин соусом из кассавы».

Что хорошо в блинах — их сигнатура понятна без словаря. Если для кого они не праздник, тот пусть не смеет жаловаться ни на что. Ещё я прекрасно варю кашу. Одновременно с блинами, чтобы молоко не пропало. Левой рукой держу кастрюлю, правой мешаю, в остальных руках сковорода, черпак и тесто. Ещё несколько рук свеже-обожжены, заживают в сторонке. Вообще, кухня — моя родная стихия. По липким пятнам на домашнем халате любой может догадаться, кто у нас лучший в мире кулинар.

Обидно бывает, когда готовишь, выкладываешься, а они не хотят есть. Я задаю ряд наводящих вопросов. Намекаю, что в блинах четыре желтка, это очень вкусно. Дети отвечают, что рады, желтки мне полезны.

Тогда говорю, что блины похожи на карты морей. Пятна на них неявно овальной формы, с архипелагами и проливами. Можно залить сметаной остров Хонсю и слопать вместе с населением. Или нанести стрелки и цифры, получится символ текущего времени, как на картинах одного сумасшедшего каталонца.

Раньше к нам ходила няня-самобранка, за пятьдесят латов в месяц плюс транспорт. Она из пустоты доставала борщ, салат и котлетки. В моём холодильнике до неё водилось много прохладного воздуха и зелёнка для царапин. Из этих запасов няня научилась готовить три блюда в день. Без всякой куркумы. Потом она вышла за банкира в розовой рубашке, и я сам стал поваром. Мы бы тоже не против жить с банкиром, но он хотел только няню. Коварный деспот.

И ладно. Я чинил кровать, Ляля рисовала оленей. У них вышли застенчивые зады и уши огромные, с возможностью вертикального взлёта. Добрая Ляля обещала каждую весну дарить мне по оленю. Они у нас никогда не кончатся. Наше время кружит по краю блина. Его можно сложить втрое, макнуть в варенье, потом новое испечь. Два часа для вечности не жалко.

**Петркув-Трыбунальски. 852**

загрустил. Катя стала меня равлекать вопросами о Тарту.

— И что вы там делали? — спросила она.

— Ничего почти. Ездил туда после развода. Думать о жизни. А Духовской заботливый такой. Говорит: будешь вены вскрывать — таз под раковиной. Только вымой потом. Если хочешь, в холодильнике суп кокосовый, диетический.

У Духовского в Тарту квартира. И в Сестрорецке. И в Довилле. Но в Довилль он меня не приглашал ещё.

— Ты завидуешь Духовскому?

— Завидую, но не квартирам. Его женщины любят. Прям стонут. У него был концерт. Пришли пятьсот девчонок в возрасте от пятнадцати до восьмидесяти

шести. Все готовы замуж прямо здесь. Я сидел в зале, в лужах слёз, в густом тумане феромонов. Видел, как две женщины хотели стреляться. Одна доставала очки и громко шуршала пакетиком. Вторая женщина сделала замечание. Первая сказала «извините» таким голосом, каким желают смерти обычно. Также она объяснила, что плохо видит и просто достала очки. А если у кого нервы не в порядке, то пейте элениум, добавила эта слабовидящая дама. Первая вежливо зашипела, что на протез головы очки надевать не обязательно. А уж если не можете не шуршать, то хотя бы в ритм с песней этим занимайтесь.

В общем, международная обстановка в зале на грани взрыва, всё очень сложно, и вдруг третья женщина роняет колпачок от фотоаппарата. С ужасным грохотом. Просто камикадзе какая-то. Ничем не закончилось. Духовской запел песню про пуговицу, женщины заплакали и простили друг друга.

— А что Тарту-то?

— Маленький, милый, скучный. Тартусским экскурсоводам хотелось бы иметь своих мумифицированных фараонов в пирамидах или Колизей хотя бы. Но в ассортименте только интимные истории из жизни местной богемы. Художник М. снюхался с акробаткой из шапито, сбежал на Корсику. А родную жену оставил в Эстонии, протирать картины. В память об этой трагедии в парке установлен монумент «колобок». На углу Гороховой улицы сидела собачка Ричард. Много лет. Потом её сбил автобус. Ричарду тоже поставили памятник. Не много сыщешь стран, чью историю творят автобусы. Когда совсем скучная улица, гид говорит: «По этим улицам бродил Лотман. Теоретик структурализма и семиотики».

Экскурсовод подвела нас к одному дому и спросила, видим ли мы что-то необычайное. Я сказал, что сайдинг прибит криво. И лишился любви тартусян навсегда. Это оказался не сайдинг, а художественный приём. Архитектор этим приёмом подчеркнул очаровательную кривоватость окружающего мира. Там всё немного набок — бомжи, художники, бараки, река и вороны на берёзах. А я — «сайдинг». До сих пор стыдно.

атя спрашивает, кем я работал, пока не взялся писать сценарии. Таксистом работал. Слесарем, маркетологом, продавцом рыбы и макаронов. Даже ди-джеем на радио.

— Это как? Расскажите!

— Ну, когда книжка вышла, позвонил директор одной станции. Говорит: «Севастьян! Сделайте нам передачу. Слушатели вас полюбят. Рекламодатели снимут с себя последнее, и мы это последнее поделим между мной и нашими налоговыми органами».

Я говорю:

— Понимаете, мы ужасно разные. Вы веселы и обаятельны, а у меня тексты дрянь, голос сиплый, и сообщать об этом всему городу не обязательно.

Директор попался опытный. Говорит, а мы запишем сначала и увидим перспективы. И бросил трубку.

Часовая передача — это три тысячи слов. Страшный объём. Самому столько не выдумать, я нашёл в интернете историю ботанического свойства. Вот такую:

«Китаец Ань Яньши удобрял чайные плантации помётом панд. Со слов Аня, получилось очень вкусно. Панды лопают дикий бамбук. Недопереваренные стебли удобряют землю. Выращенный на таких плантациях чай оказывается богат витаминами и пахнет эксклюзивно. Двести долларов за чашку. Кто пробовал, тот не забудет. Помёт панд любезно предоставлен местным зоопарком.

Некоторые зоологи усомнились. Они высчитали, что шесть медведей зоопарка, включая детей, не способны обгадить целую плантацию. Аня даже заподозрили в разбавлении помёта панд менее ценным калом гризли или даже нашего сибирского медведя. В Китае широко практикуют подобные подделки. Вы не представляете, что они добавляют в знаменитые духи Хуго Босс. А тем более в чай».

Вот. В таком тексте 110 слов, я писал его два часа. Чтобы наслюнявить передачу, понадобится 40 часов, рабочая неделя. Стоит передача примерно сто долларов. На четыреста долларов в месяц можно неплохо жить в Индии под деревом без еды и одежды. Я решил не сдаваться. А вдруг потом пойдёт быстрей. Нашёл ещё одну историю. Тоже о растительном мире:

«Боливийский судья Гуальберто Куси признался, что гадает на листьях коки. Эта милая привычка не отражается на судебных решениях, утверждает судья. Ацтеки всегда так судили и никто ещё не жаловался. Судья сказал, что не предаст традиции отцов лишь потому, что окончил Кембридж. За патриотизм его выдвинули даже в члены конституционного трибунала. Избиратели его любят. Людям нравятся жизнерадостные постановления судьи о запрете полётов на сковородках и о признании красного пятна Юпитера побратимом Рио-Рачи. Судья надеется, его опыт поможет коллегам всего мира в понимании душ растений, животных, гор, женщин и других природных катаклизмов».

Я показал эти тексты директору радиостанции. Он сказал: всё прекрасно, но хотелось бы про любовь. Она очень важна в современном мире. Пришлось писать новости итальянской социологии:

«В Италии сразу четыре порноактрисы баллотируются на должности мэров. Впервые люди смогли избрать в телевизор не пузатых мафиози, а вполне сногсшабательных депутаток. Самой опытной кандидатке 60 лет, самой перспективной — 26. Девочки знают много интересного о своих избирателях и готовы применять знания в мирных целях. Студенты с факультета ботаники хранят их бюллетени под подушкой и записывают теледебаты. Вслушайтесь в музыку этих имён: Милли Д'Аббраччо, Луана Борджиа, Илона Феррара. Если бы нашего мэра звали Милли Д'Аббраччо, я бы сам купил телевизор. Сейчас у нас какой-то Гунтис Пупиньш, от которого хочется плакать.

Социологи объясняют успех женщин вот как: избиратель больше доверяет тому кандидату, кого видел голой. Претендент в глухом костюме, наоборот, будто скрывает какую-то гадость.

Италия была в восторге от пресс-конференций. Зрители убедились: «силиконовая долина» — это не шутки, а реально прогресс и технологии. Стоило депутаткам сесть в кресла, стрелка доверия парламенту поползла в сторону уважения. К тому же у них прелестные программы. Процветание и поцелуи, обезжиренный сельдерей и счастье для всех котяточек — вот основа их политической платформы. Кандидат Илона Феррара предложила ночь любви ведущим мировым террористам. В обмен на отказ от насилия. Вряд ли кто из наших политиков готов так жертвовать собой...»

С понедельника по среду я писал эту ахинею. И понял лишь, что не могу. Умственный труд хорош, но мне его нечем делать. Процессор такой медленный, будто нет его вовсе. Позвонил на радио, сказал, что увольняюсь. Они ответили, чтоб звонил, если передумаю. И всё.

ы едем третьи сутки. Я становлюсь акыном. Рассказал всё, что знал, теперь пою, что вижу. В Белостоке, например, дорогу перебежала кошка. Тут же сложилась история о котах. Кому надоело уже с нами ехать, перелистывайте до главы «Приехали». Нам же с Катей ещё трястись полтыщи вёрст. Никуда не денешься. Поэтому история про домашнюю скотину.

Я всегда хотел кота. Из всех домашних растений коты — самые уютные. Тем более сосед раз в три месяца предлагал выбрать представителей нового поколения. Про отцов сосед не знал, но за родословную матери ручался. Она — гениий чистой красоты. Глаза синие, почти человечьи, кофейный нос. Фигурой — богиня. Дети умные, как мать, а расцветкой иногда в отца. Все очень вежливые, всегда умыты и причёсаны. Даже горшок у них вонял умеренно противно.

Но Люся не хотела никакого зоопарка, даже если его производитель — кошачья богиня. Я упрашивал, она отвечала: «Ни за что!» А потом вдруг сама принесла в ладони будто бы варежку. Нашла животное под кустом.

То был чемпион среди фриков. Его жевали какие-то собаки и выплюнули, потому что сплошная мокрая гадость. Оно кривое, вонючее, впитало грязь всех видов, собрало все породы блох и таким выбежало навстречу людям. Жена велась на страдающих типов. Собственно, меня она тоже подобрала за печаль в глазах. Так в доме поселился опасный монстр Федосей. Восемь лет он воровал, портил обувь и орал бардовские песни. И вот что непонятно: у соседа интеллигентные, причёсанные коты, а мы завели идиота.

Однажды в гости пришёл друг с большой собакой. Федосей всегда бежал первым. Встречал. Он считал гостей доброй приметой. Люди его гладили, хвалили, потом игриво прятали туфли в шкаф. Никто не хотел пахнуть взрослым котом, даже если эта услуга бесплатна. И вот, открывается дверь, а за ней то самое чудовище, которое кушало Федосея в детстве. Вернулось доесть.

Собака тоже пришла в хорошем настроении. Она знала, люди только вначале разбегаются. Но если сдерживаться, не гавкать, то тебя назовут прелестью, помнут уши, попытаются даже поцеловать. А тут дверь открыл мерзейший кот. Трудно было не залаять. Федосей, услышав этот голос, подпрыгнул, расправил лапы — и полетел. Всё равно куда. Он сам не знал, что летает в состоянии аффекта.

Остановимся подробней на его траектории, следите за пальцем. Окна в моей хрущёвке старые, с двойными рамами. Зимой между ними хранят молоко, сыр, колбасу всякую. Летом верхнюю фрамугу снимают, и получается эрзац-дача с полусвежим воздухом. Снаружи занавешиваем сеткой от пуха. В эту сетку и влетел стремительный Федосей. Он по потолку добежал до окна, ткнулся в марлю, рухнул вниз и там застрял. На дне стеклянной пропасти, в позе раскоряки, между рам. В таком, готовом для лабораторных испытаний виде его и застала собака, прибежавшая следом. Конечно, она попыталась выгрызть инсталляцию. Лишь тонкое стекло отделяло страшную пасть от мягкого пузика. В следующие три минуты Федосей похудел наполовину. И целый год потом от звонка в дверь бросался бежать, буксовал и бился головой в закрытые двери. Он стал ужасным интровертом.

Сейчас он уже восстановил психику и даже ходил гулять, дважды.

Соседская кошка, для сравнения, ходит гулять каждые три месяца. Возвращается голодная и беременная. А недавно мужа привела. Отца. У соседа рука не поднялась выгнать. Так и живут теперь, табором.

Сувалки. 365

В Сувалках кошки попрятались, дорогу перебегают пьяницы. Выглядят они лучше наших алкашей. Наши хлещут что-то техническое и потом ходят как роботы. А у этих пластика такая интересная при пересечении дороги. Как в замедленном кино или под водой. Одно слово, Европа. Посвящаю им историю художника Феди, который страшно пил, потом бросил, потом снова начал, но меньше.

Его жена уехала в командировку. Федя скучал. Днями сидел на косогоре, рисовал в блокноте поезда. Мимо ехали эшелоны с углём, с лесом и танками. Товарные поезда Федя зарисовывал, а пассажирские просто отмечал. Он высчитал, что через сорок поездов Рига–Адлер жена вернётся. Тогда нужно будет сделать паузу в пьянстве, пойти и встретить жену. Трезветь, только чтобы воспользоваться календарём, Федя считал пустой тратой времени.

Время было советское, КГБ поймало Федю и дубинкой по печени спросило, зачем он считает поезда с танками, да ещё и рисует подробно секретные прицелы. Ишь как хитро придумал, смеялось КГБ: жену на курорт, а сам поезда считать. Но насто не проведёшь. В идеале, Федя должен был рассказать новеллу из жизни агентов ЦРУ. Но художник не смог угодить этим майорам. Из политики он знал только, что евреи разбомбили Египет. И то, когда это было. Пользуясь возможностью, он представил дворничиху Зину врагом народа, но доказательств не предоставил, кроме «потому что зараза она!».

Жена вернулась, выменяла Федю на деньги и еду. В благодарность живописец завязал. Причём подговорил другого художника по фамилии Зайкин. Не пить вдвоём трудней, чем пить, но они смогли. Стали ходить трезвые и злые. Даже перестали встречаться, потому что не о чем.

Вскоре Федя шёл мимо мужиков и услышал:

— Осиротели Зайкины. Забрал Господь их папулю.

Феде в голову не приходило, что трезвость настолько опасна. Он мгновенно развязал и всё винил себя. Придёт к кому в гости и говорит:

— Зайкин-то пропал! Вот я гад!

Однажды на улице к нему подошёл сам Зайкин и сказал:

— Что ж ты Федя болтаешь? И зачем ты пьёшь? Мы же договорились!

Призрак Зайкина был прилично одет, выбрит и отбрасывал тень. И явно собирался забрать друга с собой. На просьбу дать проститься с женой дух лишь пожал плечами. Повернулся и ушёл. И потом несколько дней ещё подходил, здоровался и качал головой.

Федя нашёл тех мужиков и сделал дикое предположение, что Зайкин живой всё-таки. Мужики подтвердили, конечно, живой.

— Вы же сказали «папуля умер»!

— Не папуля, а бабуля, — сказали мужики.

Оказалось, у Зайкина всё это время была тёща. Пользуясь новым, трезвым зятем, женщина усилила домашний террор. Стала цепляться вдвое против прежнего. Нервный Зайкин не мог укрыться в темноте пьяного непонимания и всё выслушивал. А потом достал бутылку и сказал:

— Вот сейчас выпью и убью тебя, старая карга.

Старушка перепугалась, охнула, схватилась за бочок и всё. И назавтра померла, подтвердив тезис о пользе алкоголя в особых случаях. Сейчас Федя пьёт, Зайкин нет, оба счастливы.

о Риги осталось совсем чуть-чуть.

— Так мы договорились о Новом году? — спрашивает Катя. Кажется, она это серьёзно.

Конечно! У нас будет огромная ёлка. Я приготовлю индюшку, картошку и холодец. А Катя чего-нибудь растительного настрогает. Мы с детьми чтим кулинарные традиции. Каждое первое января я превращаюсь в самоходную ёмкость с мясным салатом. Второго января гуляю по сугробам, как сквозь кисель. Много размышляю о противостоянии человека и грязной посуды.

Третьего числа бросаю есть навсегда. И тут приходят гости со своими кастрюлями. Под видом поздравлений вручают всякие скоропортящиеся закуски.

— Тебе надо детей кормить! — говорят они сразу после «С новым счастьем!»

Каждое третье января мне приходит в голову разводить уток. У этих птиц всегда прекрасный аппетит. С ними любые подарки впрок.

Четвёртого января, с самого утра, мы всей семьёй строимся на кухне в шеренгу. Я вышибаю доску, подпирающую дверь холодильника. Там заперты одного только сырного салата три вида:

— фаршированный в помидоры;
— в виде нежных шариков;
— просто в миске.

В прочих мисках, пакетах и баночках дрожат рулет, студень, борщ, сельдь в шубе и пара таинственных закусок, неизвестно кем подаренных. Внимательно всё обнюхав, дети говорят, что хотели бы рисовой лапши. Как раз лапши у нас нет.

Один британский еженедельник советует вообще не кормить детей, пока они не взвоют. Пустое. После месяца сплошных утренников они гадят чистым шоколадом и не помнят значения слова «аппетит».

Знакомый порикмахер Модрис говорит, именно новогодняя кулинария, а не чёрная планета Нибиру угрожает цивилизации. Сам он тощий, как ручка швабры. Пять лет назад, ровно под Новый год, от него ушла жена. И теперь даже майонез с булочками не может восстановить Модриса. Каждый год он загадывает её возврат. Потом смешивает эликсир из текилы, портвейна и пива и с последним ударом часов превращается в тыкву. А жена не приходит.

Секрет сбычи Новогодних желаний прост. Всего одно слово — скромность. Я загадал ремонт в ванной — и нате, получил дом с тремя санузлами и Катей.

В этом месте Катя посмотрела, улыбнулась и ничего не сказала.

И ли можем отмечать Новый год у знакомого эстонского барда. Он нас не приглашал, но и выгнать не сможет. Он носит ковбойскую шляпу и похож на Ричарда Гира, только здоровее. У него такие бицепсы, что обычный мужчина надевает при нём три свитера. Его зовут Сергей, он живёт в прекрасном доме с видом на утро в бору и белочек. Там есть баня, камин, кухня с самоварками, самомойками и другие завлекалочки. Многие женщины хотели бы выбить из Сергея политическое убежище. Сейчас он женат, а до этого целых семь лет жил один. И в окрестных лесах не было ни женских засад, ни эскадронов летучих невест. Это и есть главная тайна Эстонии — почему за столько лет его дом ни разу не взяли приступом.

В путеводителе по Эстонии нет об этом ни слова, зато о какой-то башне Олафа — целых триста. Простая четырёхгранная башня, построенная неизвестно кем, непонятно как. Прораба просили представиться, рассказать о технологии подъёма тяжестей без подъёмного крана. Зодчий ответил игриво, это всё секрет.

— Ну что ж, секрет так секрет, — сказали эстонцы и пошли по домам. Строитель умер потом от разрыва сердца, настолько ранило его равнодушие общества к строительным секретам.

Приехали

ы вернулись — и ничего. Никуда она не делась. Вечером поднялась к себе. Утром спустилась в гостиную, материальная, шутит, улыбается, пахнет каким-то диором.

Наши инфернальные друзья пропали. Не звонят. Должны были прилететь ещё вчера. Сам я не планирую их беспокоить. Надеюсь, все друг друга забудут. А когда вспомнят, — поздно будет...

Зря надеялся. В обед, ненужный, как ангина, припёрся Некрасов. Без звонка, без предупреждения. Плохой признак. Сказал:

— Ну, здравствуй, Севастьян. Ты понимаешь, зачем я пришёл? — Взгляд его блуждал, на щеках алел румянец, похожий на псориаз. Несло от него бедой и перегаром.

— Пожалуйста, не делай глупостей. Мы обо всё договоримся. Потом, — сказал я.

Он прошёл в дом, уселся в кресло, нога на ногу.

— Привет, Катя.

— Привет, Лёша.

Она снова резала салат. Он смотрел на неё с особенной тоской. Почти с отчаянием.

— Сколько? — спросил вдруг. Будто лошадь оценивал.

— Пять.

— Мало.

— Семь.

— Десять.

— Хорошо, десять.

Я бы заплатил больше. Отдал бы всё. Ему, а лучше наёмному душегубу. Лишь бы немедля и навсегда избавиться от этого прохиндея и всех, кто замешан в нашу историю. Я бы и сам удавил его. Но он уже здесь, а разбойничать при Кате нельзя. Она подумает ошибочно, что я жестокий. Я же сказки ей рассказывал три дня, как Андерсен. Нельзя имидж портить.

— Вы о чём? — спросила Катя.

— Алёша мне продаёт козу. За десять латов.

— О! Ты будешь разводить коз? — Катя обернулась, посмотрела на меня как на хорошего человека.

— Он уже разводит. Одну, но очень ценную, — сказал Некрасов.

— Хочу видеть эту козу, — пропела Катя. Сейчас он скажет, что очень просто, нужно лишь глянуть в зеркало.

— А что-то Раппопорт не звонит! — сказал я, пытаясь свернуть хоть куда.

— Раппопорт пьёт. Его Лизон бросила. Мы прилетели вчера утром. Он ей дозвонился — и всё. Пропал для общества. Купил в аэропорту литр водки и там же выдул. Надеялся умереть. Вот вам и стальные нервы психиатра. Я отвёз его домой. Сегодня он лишь мычал в трубку. Похоже, готовится разводить коров. Козы ему не по зубам.

— Ужас! Бедный Кеша! — сказала Катя и покачала головой.

— Чего ж это он бедный? — спросил Некрасов.

— Ну... любил... а она ушла.

— Его, значит, жалко. А меня — нет. Понятно.

— Алёша, не надо, — сказала Катя.

— Не надо, Алёша, — добавил я. Мы с Катей оба мечтаем его заткнуть. Всё-таки мы очень друг другу подходим. Но актёр начал заводиться. И остановить эту лавину было нечем.

— Какая интересная логика. Он свою девушку гнал, игнорировал. Когда ж она не выдержала — Раппопорт бедный. Я же был честен, душу наизнанку. Но мой случай от-ворот-поворота не вызывает сочувствия.

— О да! Ты был честен, — буркнул я и пожалел. Дёрнул меня за язык нехороший дух. Алёша прищурился, стал похож на японца.

— Знаешь, Катя, на что Севастьян намекает?

— Алёша, не надо. Мы же договорились. — По десятибалльной шкале дружелюбия моя улыбка набрала бы сейчас девяносто семь очков.

— Ой-ёй, чего-то вы мутите. Мне интересно. Ну, рассказывайте.

Неоконченный салат остался в миске. Катя присела к нам. Ручки на коленки, улыбнулась. Тоска Некрасова и моя дрожь уже передались ей. Все трое чувствовали беду над головами. Но Некрасов ею наслаждался, а мы — тряслись. Мир поплыл, руки вспотели, сердце колотилось так, что диван подпрыгивал. «Так вот ты какой, полный и окончательный четвёртый акт», — подумал я. Некрасов вытащил фляжку, отпил, поставил на стол. Значит, готовился. И торговался для видимости.

— Три месяца назад ко мне в театр пришли два господина. Психолог и писатель. Притворялись поклонниками, пели дифирамбы. Потом вдруг предложили хорошие деньги за лёгкую работу. Три тысячи долларов. А делов-то — соблазнить соседку писателя. У соседки был гражданский муж, неприятный тип. Психолог заверил, что дама бросит мужа, как только встретит надёжного мужчину. Потому что этот, гражданский, хоть и красивый, но скользкий. Конечно, я отверг предложение.

— Добавь ещё «гневно отверг».

— Да, Сева. Отверг! Но жулики не отстали. Мне описали жертву очень подробно. Целый психологический профиль составили. Женщина, дескать, красивая, но совершенно испорченная. Кромсает мужские сердца, разбрасывает ошмётки налево, направо, на юг, на запад — куда вздумается. И если её немножко проучить, станет хорошо всем. Даже ей. Мужская солидарность и всё такое.

— А зачем... хм-хм.... Психологу и писателю нужно было разводить меня с мужем? — голос у Кати вдруг осип.

— Формально — из-за дома. Она не хотела бросать своего гражданского, у которого долги. А если разлучить, она точно съедет. Просто так её выгнать писатель не мог. Заботился о реноме. Культурный человек, литератор. А если всех рассорить, то и дом освободим, и сердцеедку проучим. Так они представили историю мне. Настоящая же причина в том, что писателя заело. Она не реагировала на его ухаживания, сам он проучить её не мог, вот и нанял меня.

— И ты согласился...

— Я им поверил. Сначала. К тому же интересно стало ... Хотелось увидеть эту Саломею. И деньги приличные. В общем, сделал вид, что в деле. Пришёл — а тут ты. И стало ясно, что они всё врут! Ты милая, чистая, честная! Конечно, нужно было сразу рассказать, разоблачить. Но я боялся потерять тебя и молчал. И за эту трусость я себя не прощу никогда.

Вдруг Некрасов бросился вперёд, встал перед Катей на колено. В речи его соединились надежда и отчаяние. Голос дрожал. Всё положенное жанром умирающему Казанове он играл отлично.

— Катя! Я люблю тебя! Если ты оттолкнёшь меня — я умру! Прости мне всё. Я знаю, мне нет прощения, но ты, мой ангел, только ты можешь найти силы. Я сделал тысячи ошибок, и ты вправе ненавидеть меня... Но, прежде чем прогнать — знай, того Алёши больше нет! Благодаря тебе я изменился! Будь моей! И клянусь, что сделаю всё, лишь бы ты была счастлива!

Тут Алёша схватил её за руку и склонил голову. Катя не отняла руки. Она не изменила ни позы, ни выражения лица, но изменилась вся. Она смотрела на меня. Без злости, без раздражения, очень спокойно. Будто заледенела.

Я отвёл взгляд, стал смотреть в окно. Буркнул:

— А ты фрукт, Некрасов. Прибить бы тебя, идиота. Раньше надо было. У тебя есть три минуты, чтобы смыться. Потом я сделаю из тебя чучело и поставлю в огороде. Обо мне напишут в газетах, но надолго не посадят.

Катя высвободилась, встала, пошла к себе. Некрасов двинулся за ней — она остановила его коротким взмахом. Он крикнул вслед:

— Я тебя дождусь! Помни, я люблю тебя! Помни об этом!

Он кричал, пока наверху не хлопнула дверь спальни. Только тогда повернулся ко мне. Посмотрел как победитель. Сказал:

— Вот так-то!

И ушёл.

Лизон

аппопорт пьёт с научной щепетильностью. Аккуратно поддерживает организм в трансовом состоянии. Квасит всего пару дней, но воняет уже, как многоопытный алкаш. Не зная заранее, в какой он фазе запоя, я привёз полный ремкомплект: шкалик, сало, чёрный хлеб и капустный рассол в специальной бутылке. Напрасно. У Кеши всё своё. Он будто знал, что Лиза, сбежит и заранее приготовился. Стальной мужик.

Сначала мы выпили. Поговорили о выборах президента, о войне в Африке и что осень в этом году будет ранняя, судя по скворцам.

Потом он на мне повис и плакал. Обслюнявил свитер. Потом обозвал кретином, сказал, что всё равно он прав. Лучше так, чем мучиться. Я согласился:

— Это точно! Если б ты сейчас мучился, было бы ужасно. А так, смотри-ка, весёлый, бодрый. Настроение прекрасное. Немножко пьяный и сопливый, но ничего. Главное, что мучений нет. Вообще.

Кеша ответил матерно. В том смысле, что ещё посмотрим, как я запрыгаю. Осталось-то всего ничего. По его прогнозам, неделя.

— Кончилась твоя неделя, — сказал я, — сволочь Некрасов всё рассказал.

— Что рассказал?

— Всё. Историю мира. С потопа до наших дней. Теперь Катя знает, что я пассивный негодяй, а ты, кстати, активный. Ум, честь и совесть латышских негодяев.

Унявшийся было Раппопорт снова разрыдался. Взял моё лицо в ладони, стал кричать, брызжа перегаром в глаза:

— Не отпускай её! Слышишь! Не верь мне! Набей мне морду! Их надо держать! Сдохни, но останови! Лучше сдохни от того, что она рядом, чем от того, что её нет! Привяжи, пообещай убивать по одному заложнику, пока она тебя не полюбит!

— А заложников где взять?

— Не знаю. Захвати трамвай старушек. Или купи на базаре котят. Полное ведро. Из котят выйдут прекрасные заложники. Если на них не поведётся, то и не знаю.

— Я не смогу выполнить угрозу. Котятки такие...

— Надо, Сева. Ради любви.

— И тогда она полюбит?

Раппопорт сел, свесил руки.

— Нет.

Мерзкий, мерзкий, мерзкий я

ернулся поздно, пьяным. Был готов бегать по пустому дому, выть. Однако ж соседка моя не съехала. Зачем-то полез с ней разговаривать.

— Ты ещё здесь?

— Буду очень тебе признательна, если ты меня не заметишь.

— А знаешь, Катя. Я думаю, тебя подослало издательство.

— Чего?

— Они тебе заплатили, чтобы меня соблазнить.

— Ты больной?

— Ну, они же дали мне большой аванс, дом арендовали. И тебя наняли. От тебя-то я никуда не сбегу. Если ты разобьёшь мне сердце. И конечно, у тебя получилсь. Ещё бы. Весь арсенал. Глазища, йога по утрам. Палочки эти шаманские...

— Что ты несёшь?

— А что? А зачем ты говорила про Новый год? И про осень, где я убираю листья? И что у нас газонокосилка... Посмотри на себя! А теперь на меня! Откуда! Откуда у нас может быть общая газонокосилка?

Она заговорила очень спокойно, даже мягко.

— Я не уехала потому, что нет билетов. На сегодня. Мой самолёт завтра. Я могла переночевать в гостинице, но не хочу. Я здесь многое пережила, не очень просто вот так пропасть. С тобой мы больше никогда не увидимся, и мне всё равно, что ты там придумал. А если и увидимся, — не заговорим. Так что, прощай. И, кстати, ты мерзавец. Твоя мечта исполнена, поздравляю.

И пошла наверх.

И пусть идёт, подумал я. Конечно, ерунда. Никто её ко мне не подсылал. Но было бы здорово. И потом, мне стало казаться — никуда она не уедет.

Всё не так

Я не спал. Вставал, ходил, пробовал писать — в голове была одна мысль, одна картинка: она стоит ко мне спиной на кухне в замечательных своих шортах. Нарезает травы. Коза вегетарианская. И говорит, не оборачиваясь:

— Севастьян, у меня от ваших взглядов ожоги будут на обратной стороне колена. Вы не знаете, кстати, для этого места есть отдельное название?..

В девять утра прикатило такси. Я слышал, как грохотал по ступеням её чемодан. Вышел помочь — она разрешила донести до багажника. Показалось, уже не сердится. Потянулся, чтобы обнять — выскользнула. Сказала:

— Обойдёмся без сантиментов. Будешь у нас в Американщине, пожалуйста, не звони. Будь счастлив.

И уехала.

В десять утра позвонил мой литературный агент Иванов. Он же Катин муж. «Уже нажаловалась», — подумал я. Объясняться не хотелось, но не снять трубку я не мог. Он ничего такого, вёл себя тихо. Говорил бодро, даже приветливо. Сказал, что в Риге и хочет встретиться. И сейчас подъедет, если можно. Конечно, теперь можно.

Наводить порядок не было сил. Пусть видит правду. Я лёг на диван, стал грустить.

Снова перезвонил Иванов. Спросил, где я.

— Я дома.

— Тогда открой дверь, у тебя звонок не работает. И, кстати, мог бы траву выкосить.

Я пошёл открывать. Какая трава, непонятно. Нет у нас никакой травы. Всё плиткой заложено. Не в палисадник же он залез. Открыл дверь — никого. Звоню, спрашиваю:

— А ты где?

Иванов говорит:

— Перед дверью.

— Я тоже перед дверью.

— Но тебя нет.

— И тебя нет.

— Странно.

— Согласен.

— А у тебя дверь какого цвета?

— Синяя.

— А у меня красная.

— Кто-то двери перепутал, как я погляжу.

— Уж, конечно, не я, — говорит Иванов.

— Саша, мне не до шуток. Я не мог напутать. Я стою на пороге твоего дома. Жил в нём всё лето. Если честно, не один.

— Ну и ладно. Это вообще не важно, хоть с крокодилом живи, только открой, мне бы до туалета добежать.

— Я знаю, ты хочешь поговорить. И ты прав, лучше глаза в глаза. И всё же признаюсь сейчас, первым, хоть уже и поздно. Я жил здесь с твоей женой. Хоть правильней, с точки зрения морали, было бы жить с крокодилом. Она не уехала в Америку. Она врала тебе в скайпе.

— Аня?

— Катя. Твоя бывшая. Она находилась здесь всё лето. Между нами ничего не было. Просто соседи.

— Ты бредишь. Или зарос в сюжете. Ох, эти творческие люди... Слушай, пи́сать хочу, сейчас лопну. У меня нет жены Кати. И не было. По крайней мере, я б запомнил. Что вообще творится? Какой у тебя адрес?

Я сел на ступеньку.

— Променадес, пять.

— Это адрес всего посёлка. А номер дома какой?

— Квартал семь, литера «Н» ... как в слове «непонятно».

— Понятно. Не знаю, как тебе удалось, но всё лето ты жил с чужой Катей. В чужом доме.

— Как это, с чужой? Она тебя считает мужем. Саша Иванов. Книгами занимается.

— О да, это критерий. Ивановых в России всего один. Это я, конечно. Быстро собирай вещи и вали оттуда.

— Куда?

— Квартал четырнадцать, литера «Ч». Как в слове «чукча».

Я поднялся в спальню, взял деньги, паспорт и помчался в аэропорт. Какой бы вид нужды сейчас ни мучил Иванова, ему придётся потерпеть. Мне же нужно успеть, пока самолёт не унёс самое моё дорогое.

Катя уже прошла регистрацию. Пришлось купить билет всё равно куда, в Сыктывкар. На досмотре мгновенно разделся до трусов, кое-как намотал одежду обратно, побежал искать её по терминалу. Сидит, красивая такая, в окно смотрит. Я сказал: «Катя, нам надо поговорить, очень серьёзно». Она отказалась. Настроения у неё нет разговаривать.

Предложил поговорить несерьёзно. Если она пойдёт со мной выпить кофе, я обещаю паясничать, кривляться и рассказывать анекдоты — а о главном не говорить ни за что. На такой кофе она согласилась.

Я объяснял всё не ей — себе. Её Иванов и мой — разные люди. Работают в одном издательстве, но в каких-то противоположных отделах. Может даже, они не знакомы. Оба купили дома в посёлке Променадес-5. Посёлок здоровенный, издательство огромное, сейчас вообще мир укрупняется. Катин Иванов купил дом в седьмом квартале, в шикарном месте. А мой, кажется, арендовал лачугу папы Карло где-то на задворках. Обоих Ивановых первым перепутал мальчик, помощник маклера Ирины, которую дал мой Иванов. Не всю Ирину дал, только телефон. А она уехала. Поручила меня заместителю. Ну, то есть мальчику. А он первый день, вообще не разбирается в Ивановых. Взял у охранников ключи. В общем, ужасная путаница. Не понятно? Ещё раз. Мой Иванов позвонил маклеру Ирине. А та уехала, сказала мальчику: «Покажешь дом Александра Иванова». Ключи у охранников. Правило такое. Заместитель нашёл в списке дом не того Иванова, выдал не тот ключ. То есть, я вообще не должен был там жить. Смешно же?

— Вообще-то нет, — сказала Катя. — Значит, ты случайно приехал ко мне, заплатил деньги, чтобы рассорить меня с мужем и выселить из моего же дома.

— С гражданским мужем.

— Это не твоё дело.

— Прости. Рассорил с мужем, каюсь.

— Не перебивай!

— Слушаюсь! Кстати, хочешь, помирю? Раппопорт из запоя выйдет, мы вместе...

— Помолчи.

— Молчу.

— Так вот. Дело не в той жизни, а в тебе. Ты даже не понимаешь, что наделал. Я, как дура, придумала себе счастье. Я слушала тебя и думала... Не важно, что думала. Теперь ты приехал даже не извиниться — сказать, что всё это лето — нелепая ошибка! И тебе смешно. Ты клоун, Севастьян. Очень прошу тебя о серьёзной вещи: никогда, никогда ничем не напоминай о себе. Удачи.

Сказав это, Катя встала и ушла. Опять. И всё. Больше я её не видел. Теперь уже точно.

Письмо

Дорогая Катя. Тебе не интересно, но у меня всё в порядке. Мой отдельный Иванов и правда снял сарайчик. Две спальни под крышей. Похожи на голубятню, но уютные. Внизу гостиная, камин маленький, чугунный, некрасивый, страшно тёплый. Пары полешек хватает, чтобы высушить ботинки всей семье и душу отогреть. Места не много, но если не танцевать и не махать руками, даже симпатично.

Ты забыла кучу вещей. Я всё аккуратно храню, поскольку клялся никогда ничего чужого не выбрасывать. Твой астролог разродился. Прислал научные графики, гистограммы, набор таблиц и всего один маленький комментарий. Я смотрел на таблицы, как на пятна Роршаха. Кажется, тебе он нагадал встречу с высоким брюнетом на синем рояле. У меня тоже всё будет хорошо, хотя какое хорошо может быть без тебя. Я нашёл астролога, попросил интерпретировать, но всё равно не понял ни слова. Из жалости купил у него пилюли для заращивания энергетических дыр. В них никакой химии, лишь тибетские травы, всё, как ты любишь. Надеюсь, правда волшебные. Выпив курс, я стану брюнетом, отращу себе рояль. Хотя есть подозрение, конечно, что я жру заячьи катышки по цене изумрудов. С другой стороны, известный наркоман-испытатель, Парацельс сказал:

— «Всё — яд, и всё — лекарство, то и другое определяет доза».

Жалко, что ты уехала. У нас пора арбузов. Маленькие я покупать не умею, а большие есть некому. Мы с детьми не справляемся. Дроздофилы помогают как могут, размножаются, но и они не успевают. Я бил их газетной дубиной и почти полностью уничтожил чайный сервиз, подаренный твоей зелёной подругой. Не помню, как её зовут. Если вы созваниваетесь, передай привет и мою благодарность — сервиз прекрасно подметается.

Раппопорт пил два месяца. Лиза к нему не вернулась. Он забросил семейную терапию, увлёкся бизнес-тренингами. Согласно его новой парадигме, отношения не должны быть долгими. Любовь — как рисунок на песке, волна набежала — и смыла. Главное, надо радоваться здесь и сейчас, пока человек рядом. Страшный прогресс. Новая концепция позволяет Раппопорту вести семинары с большим содержанием женщин. Но когда мы встречаемся, он говорит про Лизу. Какая она солнечная, весёлая, чистая — и другие банальные прилагательные. Кажется, он готовит интригу, хочет её вернуть.

От мух посоветовал налить в блюдце мёду, чтоб животные гибли в сладких муках. Из всех органов Раппопорта милосердие — самый большой. Я всё сделал, как он велел. И ничего, мухи затолкали в мёд пару своих товарок. Из числа пожилых преступниц. И всё. Продолжили размножаться.

Ещё о насекомых. Помнишь, ты боялась зайти в душ из-за паука? Тебе казалось, он хочет тебя съесть. Недавно его встретил. Точно как ты описала — неприятный, размером с футбольный мяч. Думаю, он переполз вслед за нами в поисках тебя. Ни газетой, ни мёдом, ни даже холодильником его, конечно, не убьёшь. К тому же он брат мой по печали. Но если ты приедешь, обещаю его приревновать и выселить. Даже если придётся выбросить целиком ванную комнату.

Катя. Я тебя люблю. Приезжай хотя бы на Новый год. Ты со мной сейчас не разговариваешь, но... Я написал книжку. В ней сорок пять тысяч слов, и все ради одного твоего «Ладно, приеду». Конечно, ты сначала не захочешь её читать. Но подруги расскажут, что тут всё про тебя. А потом перескажут, как всё было.

Вот и всё, вроде бы. У нас осень, вот-вот упадёт снег. Мне сорок четыре. Я учусь в шестом классе, в третьем классе и по ночам собираю буквы в слова, чтобы однажды услышать твой голос.

Обнимаю.

Севастьян.

Литературно-художественное издание

16+

Слава Сэ

Сантехник
ТВОЁ МОЁ КОЛЕНО

Редакционно-издательская группа «Жанровая литература»

Зав. группой *М. С. Сергеева*
Руководитель направления *И. Н. Архарова*
Ответственный редактор *Н. П. Ткачёва*
Технический редактор *Т.П. Тимошина*
Корректор *И.Н. Мокина*
Компьютерная верстка *Е. Илюшиной*

Подписано в печать 25.08.17.
Формат 70х108/32. Усл. печ. л. 20,2
Тираж 50 000 (3-й завод — 27 001 — 29001) экз. Заказ № 4702.

ООО «Издательство АСТ»
129085, РФ, город Москва, Звездный бульвар,
дом 21, строение 1, комната 39

Отпечатано с электронных носителей издательства.
ОАО "Тверской полиграфический комбинат". 170024, г. Тверь, пр-т Ленина, 5.
Телефон: (4822) 44-52-03, 44-50-34, Телефон/факс: (4822)44-42-15
Home page - www.tverpk.ru Электронная почта (E-mail) - sales@tverpk.ru